穿过你的黑发望着你

江　　霞◎著

江西高校出版社

JIANGXI UNIVERSITIES AND COLLEGES PRESS

图书在版编目（ＣＩＰ）数据

穿过你的黑发望着你／江霞著. -- 南昌：江西高
校出版社，2024.8
ISBN 978 - 7 - 5762 - 4459 - 5

Ⅰ. ①穿… Ⅱ. ①江… Ⅲ. ①短篇小说 - 小说
集 - 中国 - 当代 Ⅳ. ①I247.7

中国国家版本馆 CIP 数据核字（2024）第 010294 号

出 版 发 行	江西高校出版社
社 址	江西省南昌市洪都北大道 96 号
总编室电话	(0791)88504319
销 售 电 话	(0791)88522516
网 址	www. juacp. com
印 刷	永清县晔盛亚胶印有限公司
经 销	全国新华书店
开 本	700 mm × 1000 mm 1/16
印 张	9
字 数	111 千字
版 次	2024 年 8 月第 1 版 2024 年 8 月第 1 次印刷
书 号	ISBN 978 - 7 - 5762 - 4459 - 5
定 价	68.00 元

赣版权登字 -07 -2024 -31

目　录

遗忘过去

这两天，秀瑜觉得丈夫很奇怪，鬼鬼祟祟的。他老是一个人躲在小书房，不知道在干什么。秀瑜偶然推开门，他马上侧过身子或手瑟缩一下。秀瑜怀疑他做了什么对不起自己的事，但是没什么证据，又不好轻易地责问，万一误会了他可怎么办？不信任是夫妻之间最大的问题，其他衍生事就像地雷一样，踩上去就会炸得人粉身碎骨，若想平安无事就要躲过去。夫妻之间最难得的是糊涂，婚前闭上了眼，婚后就不要睁得太开、看得太清。成年人的信任其实就像一张薄膜，一戳就破。有时候可以简单点，把夫妻之间的事当成一块沙地，一头埋进去，就能假装什么都不清楚了。

什么时候两人之间蒙上了这张若有若无的隔膜呢？秀瑜看着窗外怔怔地想。路旁高大的枫杨已长出了一串串有翅膀的果子，想悄悄地随风荡进你的小房间。小时候，老家到处是榉树。秀瑜想，这是"举重若轻"的"举"吗？树木积蓄一年的力量，然后用看似轻轻松松的方法把种子传播到其他地方。她常把灰白色的榉树树皮贴在鼻梁上，顶着到处走，仰头看美丽的云天，见识和地上不一样的风景。后来她发现戏曲丑角的扮相，鼻子上也有这么一块白白的，就不好意思再玩了，莫名觉得长大后懂得越多，顾忌就越多，快乐反而越少了。秀瑜结婚后，房子在低楼层，枫杨花穗飘扬，遮天蔽日。夏天，房里比外面温度低，凉爽，但光

1

线很暗；春日湿气重，木门、木柜子没两年就写满了沧桑，尤其是外墙在雨水的侵蚀下，画满了奇异的"地图"。秀瑜喜欢在这个房子里一个人躺平，眼一闭，两手一摊，仿佛什么都可以放下，胡思乱想也行。

像大多数普通家庭那样，经济大权由谁掌管，可以看出一个家庭的相处模式、家庭地位等微妙的东西。秀瑜其实并不在意。他管过一段时间，她也管过，山珍海味有滋有味，粗茶淡饭也能对付，有情饮水饱。单位改企后推向市场，他上班只领最低的两百六十块，两人一边高高兴兴地轧马路，一边考虑是不是做点其他小生意。她认为自己也算一个豁达的人，对物质需求低，不太看重也就不太计较。菜市场最早的上市菜可以买，快收摊的反季菜也一样可以做出花样。婚后，两人在一个单位上班，钱也放在一起，感情也算和睦。有一次朋友聚餐，他的同事还惊讶地问："你的钱要交给老婆？"其实，也谈不上上交。纸质工资存折由秀瑜保管，家里开支也由秀瑜全权负责；他管银行卡，捆绑在手机上，有大笔开销告知秀瑜一声即可。他还有一张单独的银行卡，供娱乐应酬，秀瑜从不过问。家庭额外的收入视情况由秀瑜管理，两人收入相当，都有相对的自由，一向平安无事。

可是时过境迁，情况发生了变化。秀瑜突然调到另一个离家较远的地方工作，每天一个小时的往返车程，她回到家兴致勃勃地说单位的趣事，他突然来了一句"这关我什么事"。也许那天他心情不太好，无意识地说了这么一句；也许相处时间被压缩了，他在抱怨。秀瑜被噎住了。找不到可以聊的共同话题，气氛渐渐变了，两个人常常各自端着电脑去忙自己的工作，一人一个房间也成了常态。但好像也没有什么问题，秀瑜夫妻俩是和公公婆婆住一起的，每天晚饭时大家又聚在一起，有说有笑，比一般的家庭看起来要幸福得多——直到要在秀瑜单位附近购房的那天。老人觉得秀瑜这样奔波实在太辛苦了，决定再买一套房。秀瑜拿出了一张大额存折开玩笑地说："这是我存的奖金，可以算我的私房钱了，家里可以少支援一点。"他有了更多可支配的钱，但好像并不怎么高兴。家里的气氛也渐渐变得古怪起来，哪怕秀瑜每天尽量早地赶回来，出差前也将家里的事情安排得好好的，甚至房子升了值，可是他仍然不去新房看一眼，让房子空空地放在那里，谁都不搬去住。好多事情大家好像心知肚明，但又说不清道不明，只好就这样过下去。

这天，秀瑜一个人在小书房百无聊赖地玩手机，他不知道去哪了。一个电话打了进来："喂，是秀瑜吗？我是 ×× 公安局。"接到这个电话，秀瑜简直想笑了，现在的骗子这么猖狂了吗？手段也太低级了点。本着闲来无事逗一逗的心态，秀瑜没有挂断："我是 ×××，您是哪位啊？"那边传来一个非常严肃的声音："我是某某警官，警号是 ××××××，现在告诉你，你涉嫌一桩诈骗案，请您立刻到公安局来一趟。"装得还挺像，这个套路反诈宣传片里也不是第一次见了，秀瑜当听伴奏，有一声没一声地"嗯"着。时间大概过去了半个小时，"嘟嘟"的声音传来，那边挂了。秀瑜拿起手机仔细看，电话号码后三位还真是 110，现在都做得这么真了吗？功夫下得真足。秀瑜撇撇嘴，那查查吧。她有朋友正好在公安局工作，打个电话问问他，看有没有这个号码和警号的。"李警官，请问一下，×× 公安局有这个电话吗？有警号 ×××××× 的人吗？……什么，还真有？这些号码是真的？"秀瑜大吃一惊，刚才那边到底说了什么来着？自己真没注意。怎么办？不会错过什么重要的事吧？该在家的他也不在家，不会是他出了什么事吧？秀瑜急得团团转，不知怎么办才好。她从房间这头踱到那头，又从那头踱回这头。

"丁零零"，电话铃声终于响起，还是那个尾号 110 的电话。秀瑜急促地按下绿色接听按钮。

"喂，我是秀瑜。"

"你好，你怎么还没来公安局核实情况，现在来不及了。现在只有一个办法，你在手机上先确认一下信息。你收到我们发的短信了吗？请回复可以。"秀瑜唯唯诺诺地做了。

"你的身份证号码是……吗？"

"是。"

"确认一下。你的身份信息被人盗用，于 × 月 × 日在 × × 银行贷款 × × 万元，这个事情现在要处理一下。"

"嗯，那个警官，我有个疑问：我自己确切知道我没有贷款，而且贷款不是要本人去银行办理吗？"

"那你的身份证一次都没有离开过身边吗？"那边好像有点急了，语气有点冲。

"前不久掉过一次，但是我登报挂失了的。"

"那就是了，应该是在你登报前就被使用了。你自己好好想想怎么办。现在我们是在想办法帮你。先找一个空房间，关上门，需要一个安静的环境。"

"好，已经关上门了，我一个人在家。"

秀瑜声音低落下去，那边高了起来："现在你总共贷款了 × 万元，按照《金融法》规定，要从你的存款账目里直接划拨平账，你的银行卡号是不是……密码是？"

秀瑜陷入了沉思，怎么刚好那么多钱？他怎么知道我的存款就是那么多钱。不对啊，任何要求转账的陌生来电都有可能是陷阱。"你是怎么知道我的账号的？"

"你想想，只有你身边人才可以拿到你身份证、你的银行卡，确确实实是你家贷的款。不处理，你的信用上有污点……"身边人，身边人，秀瑜无名火起，又感到一阵无力。他什么时候知道我存了这么多私房钱，还贷款用掉了？我不在家的时候，他是不是偷偷翻了我的抽屉？一转头，柜子门开着，衣服堆得乱糟糟，一切好像都有蛛丝马迹可循。秀瑜的心里也乱糟糟的。我们两个人怎么会这样，你瞒着我，我瞒着你，互相窥探、猜测，这样的生活还有什么意思。天阴沉沉的，一片云挡住了阳光，看来是要下雨了。电话那头还在继续，"警官"还在催促，秀瑜沉浸在自己的世界里。

"嘭嘭嘭"，门响了，他在外面叫秀瑜吃饭。"你在里面干什么，还不开门？"一个怒气冲冲的声音传来。

秀瑜憎恶地盯着那扇摇摇欲坠的门，不想开，想用眼神给它加固。可她不由自主地走了过去，猛然打开。"催什么催，晚点吃饭又怎样，不想吃不可以吗？""你偷偷摸摸地在房里干什么？和谁说话？有什么见不得人的事？"不容辩驳的责问一个接一个抛过来。秀瑜瞪着他，他瞪着秀瑜，两人看起来咬牙切齿，恨不得咬对方一口。电话还在响，一个男人的声音温柔地传出："秀瑜，你想好了吗？"他以迅雷不及掩耳之势抢过电话："想什么，你是谁？""我是 ×× 警官……""我管你是谁，有本事把我抓去，正好有不要钱的饭吃。""啪"的一下，他把电话挂了。秀瑜看着他虎着脸的样子，突然感觉有点好笑。"你干什么呢？""我还问你干什么呢？"秀瑜把电话内容简要地告诉他。还没说完，他更生气了："你是不是傻？这么明显的诈骗电话都听不出来。""你才傻呢，我又没有转钱给他，没有损失一分钱。不对，你聪明过了头。"

秀瑜像干柴垛，一点就着。"没有？你差点就受骗了，还关起门。"他嬉皮笑脸起来，"快点，妈妈等我们吃饭，菜都快冷了。"他一把搂过秀瑜去吃饭了。秀瑜觉得哪里不对，但还是昏头昏脑地跟他一起走了。天大地大，吃饭最大。公公婆婆每天专注做好每一餐饭，期望孩子们的心聚拢在一起。不管外面有多少风雨，回家来，有热饭吃，胃暖了，心就冷不到哪里去。吃完饭，这个小插曲就顺利地播完了。高山挡住了乌云，雨在不远的县区落下了。窗外的云像断了机杼的布，快速地扯动丝丝缕缕，一会儿就消散了。天空荡荡的，透出灰色的缝隙。

新的一天又开始了，变化中的事物又有了新的诠释。因为学校停课，儿子回来进行线上学习，他拿着父亲的手机下载了各种游戏 App。秀瑜忧心忡忡，生怕儿子借着线上学习玩游戏，偷偷在房门口关注。母子俩玩起了"捉迷藏"，儿子屡被"抓获"，因为一盘游戏下来，他总忍不住叹息或雀跃。这天，儿子偶然间看到一份转账记录，便径直找父亲询问为什么转给某个叔叔这么多钱。秀瑜看着那个巨大的数字也有了疑惑。她望着他，他轻描淡写地回一句"生意往来"，再不肯多费唇舌。儿子得到解释离开了，继续照常过自己的日子；秀瑜则"静态管理"了自己。

这天，秀瑜终于出门了。她开着车子出了门，在一根高大的电线杆子下停住。她缓慢地绕着杆子走了几圈，也仔仔细细地四处张望。那儿很多年前曾有个广场，放电影、表演歌舞、唱戏，下面乌泱泱的人挤在一起……现在什么都没有了，人们都拿着手机、电脑在家里"观天下"了。秀瑜最喜欢的是大型演唱会时，台上的歌手不一定知名，但高高的铁塔上有个聚光灯，四处转动打光，照到哪，哪里就有一束耀眼的光，在光里的人就像明星一样显眼，无所遁形。其实现在这个大数据时代，有什么不是在这样的灯下呢？

秀瑜参加某个会议，上了一堂文学课，一位著名剧作家在讲回忆录类的作品创作时说："人对恐惧的恐惧是一种恐惧，对恐惧的遗忘是另一种恐惧。"他意有所指。外面风很大也很冷，她想起以前读书时读到的一句话：不登高山，不知天之高也；不临深溪，不知地之厚也。当时，她只把它当作简单的一句话，而如今这句话却唤起了她隐藏在内心深处的认知。只有到这一步才能深刻体会，一个人如果没有了过去，遗忘了过去，会是什么样子呢？

飘落的红梅

人活着是为了什么？拼死拼活地工作，有了一点钱能干什么？那轻飘飘的一张纸上"医疗诊断书"五个黑字就像一个张开血盆大口的魔鬼，狞笑着扑了过来。寒意从地底下涌上来，切实地感受到那刺骨的恐惧，却怎样也晕不了，想吐又吐不出来，恶心得令人窒息。为什么是胃癌不是怀孕呢？王梅面如纸色，整个人没有一丝生气。她仿佛看到了丈夫李子明那憎恶的眼神。"你怎么天天都那么忙，连要个孩子都没时间？你的学生就那么重要？带完一届又一届，总是忙得昏天黑地。我生病时你在忙，我妈生病你还在学校值班。屁大的组长，不顾家的女人成什么家呢？"那时自己是怎样的神色呢？为什么不好好解释反倒把他气出了门呢？

回到那个冰冷的家，空荡荡的房间让孤单无处躲藏。没有了他还是家吗？子明是个多好的人哪，冬天给她焐脚，夏天陪她散步。刚认识他的时候，王梅还在乡下教书，那里不通车，一下雨，满脚的泥，每个星期他总是准时地出现在她最需要他的时刻，那段甜蜜的日子什么时候消失得无影无踪了？自从调到县城，平静的水面泛起了波澜。一到新环境，她就接手了一个远近闻名的刺头班。大概每个新人都有这种压重担的经历吧，没什么好抱怨的，王梅想，自己努力去做吧，像姐姐一样和他们谈心，像妈妈一样为他们排忧解难，以诚待人，终能动人。他们毕业了，一连串的荣誉也接踵而至，优秀教师、先进工作者……每次上面来人，她都作为学校的一面旗帜高高飘扬。以为自己得到了领导赏识的王梅意气风发，准备大干一场，殊不知魔爪已经悄悄伸了过来。

一次聚会，牛老大歪在一边。他喝醉了吗？王梅想叫人过来扶，愕然发现主任已经把所有人带走唱歌去了，只剩下她。她咬咬牙准备搀扶他离开，可他顺势勾住了她的脖子。王梅察觉到了不对劲，挣脱开来，他果然没有摔倒在地上。"为什么？""你确实不错，我喜欢你。""我有老公，你也有妻子。""那是我看得上你。""我不愿意，我只想好好工作。""没有人支持你，你想好好做事是不可能的。""我是一株梅，我不相信。"王梅夺门而逃。从此，评优、评先再也没有她的份，她还经常莫名其妙受到责难、被泼脏水，总要去解释，去自证清白。渐渐地，单位上传出了风声：王梅是个难相处的人。笑容在王梅的脸上渐渐消失。即便这样也没有压垮这株高傲的梅，她依然离牛老大远远的，拼尽全力把工作做好，不管是晚值班还是早值日，连轴转也不叫一声苦。她有多少次狠下心忽略了子明爱慕的目光，认为要趁年轻做个最出色的自己，好有资本熬到牛老大退休。

前两天呕吐时她多么高兴啊！但谁知道……子明应该回家了吧？子明，没有你的日子是多么难熬啊！哪怕你什么也不说，站在我身边就是温暖，就是力量。我最怕你的误会和嫌弃啊！下次有困难，我一定原原本本地说出来，不让那些火压抑在心底，任它焚烧自己，把一切燃成灰烬。四周的绝望一点点地吞噬着弱小的我，我应该告诉你，我是多么爱你。已经晚了，我再也见不到你了，我再也不能抚摸你的脸颊了，我还有好多好多话想告诉你。上天待我为什么这样吝啬！还吃什么药浪费钱呢？就这样静静地去吧。子明，将来找个好女人过好日子，弥补我没有做好的地方。

从门口到卧室一共十二步，从卧室到门口也是十二步。电视的屏幕就那么直勾勾地盯着我，它在期待什么？那样黝黑的目光，那样深沉，上天为何对我这样不公？我做了什么坏事吗？好人不长命，祸害遗千年吗？如果我要死了，那我也不能让那个坏蛋好过，我要撕下那人伪善的面具！

"喂，老大，在吗？"

"什么事？"

"没事就不能找领导汇报工作吗？我想通了，这两天我老公不在家，晚上在梦桃源酒家请您吃饭。"王梅用甜腻的假声说道。

"想通了就好。"满意的声音传来。

"嗯，我一定会让您满意的。"王梅暗暗咬了咬牙，"那就这样。"放下手机，王梅的手还在颤抖。就知道狗改不了吃屎，也应该下定决心了，既然要做，就做好一些。想到这，王梅从容地站了起来，找出家里很久不用的 DV，朝镜头妩媚一笑，原来自己还很有魅力。

很快就到了晚上，王梅穿上漂亮的斜襟纱裙，画上浓妆，戴上墨镜，早早在酒家等候。他果然来了，先扫视了一遍可能藏人的地方，发现没有便哈哈笑："现在想起和我交流感情还不晚，就看你诚意够不够了。""那是您大人有大量，我先干为敬。"王梅一仰脖干了一杯酒。牛老大笑盈盈地看着这块砧板上的肉，也喝下了一杯。他越坐越近了，王梅悄悄地拉开窗帘的一丝缝隙。"还是暗一点好。"他反手又给扯上了。"不急，等会儿服务员还要来呢，开点音乐吧。""她们不会来了，我已经在吧台签好了字，让她们明天再来收拾。难得你知情识趣，怎能破坏这美好的氛围呢？"王梅以为自己可以舍身，可临了她还是放不开。音乐声越来越大，挣扎中她摸到了酒瓶，"砰"，一个"西瓜"破裂了，他捂着额头倒了下去。怎么办，怎么办？反正自己也没几天好活了，干脆拖到卫生间……做完一切，她把门反锁，从另一头的楼梯溜回了家。

泡在温暖的浴缸里，王梅无声地笑了，滚烫的泪珠融进了滚烫的热水里。第二天，小县城爆发了"地震"，某单位的领导赤裸地死在酒店，初步估计是和人幽会时，不慎摔倒在浴缸边，磕破了头，失血过多。现场已被封锁，但纸终究包不住火。据传，至少有五个和这位牛老大关系不明的女人爆发了家庭战争，请假没有去上班。还有人有鼻子有眼地说，谁家老婆被打了，心虚得连吭都不敢吭一声。更多的男看客一脸羡慕，"啧啧啧"，香艳刺激呀！没想到平时看起来那样严肃、一本正经的老头，"火力"猛啊！

该去看婆婆了，也该为老公做点什么了，正好把诊断书拿回来，做个了断了。王梅穿上平时最爱的套裙，嗯，端庄大方，给他留下最美的印象吧。心已定，客车晃了两个小时竟然不怎么难受了。来到市立医院，还是那个五楼。"1719号的病历在吗？""在，恭喜你，怀孕了。"护士小姐脸上挂着职业式微笑。"怀孕？"王梅机械地重复，"不是胃癌吗？""太太，怎么咒自己呢？不是。""怎么可能不是？"王梅疯了一般去翻桌上的病历，"这不是吗？1717号？"

假的？怎么可能？是我看错了？那过去的错可以挽回吗？什么是真的？她真的迷惑了。"那你知道昨天当地发生的酒店死亡事件吗？"她死死攥着护士小姐的手。"没有这件事呀。救命啊！这位孕妇高兴过头以致精神有点不正常了。"一大群人朝她扑过来，有护士，有公安，还有子明。"我没有报仇？我没有报仇！"她噌噌地跑上了天台。为什么这些人还追过来，不是说没有伤人吗？一定是他们在骗我，好把我抓起

飘落的红梅

来。子明，你好狠心，我是爱你的，为什么连你也来抓我？你不知道，我宁可伤害自己也不愿伤害你呀！罢罢罢，我干干净净地来，就干干净净地去。"质本洁来还洁去，强于污淖陷渠沟！"王梅纵身一跃，变成了千万朵盛开的红梅。

当地新闻报道：某年冬日下午五点整，一名孕妇得了产前抑郁症，在确诊自己怀孕后跳楼身亡，这不由引起人们的深思。

车　　祸

"听说了没有，昨晚马路上出车祸了。""广播员"张小梅大声宣布。

"哪里呀？什么原因？"会计王华一边冷静地问，一边运指如飞，在计算器上敲击。

"天！谁又倒了大霉？也太可怜了！"老好人谢爱丽接嘴了。她有副菩萨心肠，也是这里年纪最大的员工。

"这段时间是怎么回事，频频出事？"向来得理不饶人的陈飞愤愤地拉开办公室抽屉，把材料单拿出来统计——又到月底了，忙不完的事啊！

"事故不大吧？没有人员伤亡吧？"李云弱弱地问。她上个月刚调进来。

在关山肥料厂厂办，五个女人开始了一天的工作，嘴巴也开始了一天的"工作"。三个女人一台戏，五个的故事更精彩。关山肥料厂并不是民营企业，而是农业局的一家下属单位，是上级重点打造的扶贫企业，要求接纳下岗工人、残疾人。肥料厂现有八十多个员工，打包的、看皮带的、铲土的、开挂机的工人有四十多人，其余的就是各个科室的干部，还有厂长、书记、主任。能坐在空调房里的人总归有点本事，这个办公室也不例外。如果不是去年老公陈默言升任科长，李云也调不进来。她原来是下面生产线上开粉碎机的，虽然工资还不错，但一想到机器"隆隆"的轰鸣声,李云的耳朵还隐隐作痛。这轰鸣还导致儿子一直都不满意她说话的语气,说妈妈从来就不温柔,总是哇哇大叫。更不用说那漫天的飞尘、刺鼻的馊味,每次在厂里洗完澡回去,她还觉得身上有味道,生怕老公不愿跟她亲近。

陈默言已经三十九岁了,再不提,就没有机会了。他之前在基层农业站,只晓得埋头做事,是业务能手,后来终于在亲戚的帮助下进了城还升了官。老天开眼,一切都在变好,老公升职了,连带着自己也脱离苦海了,儿子也随着他爸在县城读书了。今天星期五,晚上他们要回来了,该做点什么好吃的犒劳一下?李云喜滋滋地想,也就没关注车祸的最新进展。

"你身上有她的香水味……"手机铃声响起,来电话了。这个铃音还是儿子为她设置的,儿子打电话来了?李云赶快拿起电话:"喂,东仔吗?"

"是李云女士吗?我是交警大队警官,你丈夫陈先生出了车祸,在县医院。不要急,没有生命危险。""我马上来。"李云快速地和主任请了假。

在医院,李云担忧地望着醒来的丈夫。"没事吧?到底是怎么回事?""昨天傍晚和同事一起下乡,想早点了解情况,钻到田里去了。"陈默言轻描淡写地回答。"你怎么那样发狠,就你能,你出了事,我和儿子怎么办?"旁边的交警发话了:"现在伤者已清醒,家属也在旁,可以对昨天的事故做个详细的笔录吗?""可以吗?还有其他人吗?怎么样了?"李云看了看丈夫,犹疑地问。

"两车追尾,一名男性已经死亡,经过检测,其血液中的酒精含量超标。同车一女士重伤还未苏醒。你先生还算幸运,滚进了田里,只是骨折。事故具体经过要由陈先生来回忆。""情况是这样的，我和同事一起下乡，因为天黑，所以开车速度很慢。不知怎么回事，背后一辆车快速地撞了上来。我想下车理论，但脚踩空了，眼前一黑，就什么也不知道了，醒来就在医院了。""如此，事情便明了了：死者酒后驾车从右后侧撞上了你的车，坐副驾驶的女士受到撞击和挤压，而你因为及时下车，只受了轻伤。""看来我运气不错。"陈默言无奈苦笑。"那就这样，我们会仔细调查，好好养伤吧。""一定要追究肇事者的责任，酒后驾车，害人害己。"李云气恼，还想说什么。"追究什么？人家都死了。算我倒霉。"陈默言制止了她。

陈默言的伤势不算很严重，李云照料了他几天，又去上班了。到厂里，她发现大家看她的眼神都有点诡异。王华欲言又止，老大姐谢爱丽叹了口气，过来拍拍她的肩膀："想开些，人没事就好，其他的就不要计较了。""是呀，人没事就谢天谢地，计较什么。"李云一脸放松。"哧"，陈飞冷笑一声，说："看不出来，李姐宰相气度，什么都能忍下来，我们还担心得不得了呢！""到底怎么了？你们今天怎么神神秘秘的？"李云一头雾水。张小梅走了过来，恨铁不成钢地说："你真的不知道在你老公车上的女人是谁？果然老婆总是最后一个知道的。"

"你们说她是默言的情人？"李云愣住了，"不可能！默言那样老实……他们只是普通同事，你们误会了。""我们误会了？你就不要掩饰了，全厂都知道了。"谣言！李云马上就想到，是不是看老陈老实人上位，有人想挤掉他，故意造谣，毁坏他的声誉。农业局有个副局长要退休，老陈是局里唯一一个农作物病虫害防治的好手，这次很有机会。办公室这些人也没安好心，哪个不知她们和局里的头头脑脑有着千丝万缕的联系。于是，李云板着脸孔说："谢谢大家的关心，我相信事实是不能捏造的，谣言止于智者。""你这样就是说我们故意乱说了，什么意思？"副厂长老李的小姨子陈飞像个炮仗一样炸开了，在厂里还没人敢对她这样不客气。"没啥意思，我只想好好上班，谢谢各位的关心！"李云慢条斯理地回嘴。"算了，算了，她也是心情不好。"老大姐谢爱丽来调停了。以为我是办公室新人就肆意打压吗？等我家老陈再进一步，看你们什么嘴脸。办公室一时沉默下来，大家离李云远远的，偶尔用几个眼神交流一下。哼！这些女人，什么事情都要扯点花边新闻出来，她们只相信自己愿意相信的，一群庸俗的女人！李云腹诽着。

这几天，李云被彻底孤立了。她一进办公室就觉得空气凝固了，那几个女人也不说笑了，上班的八小时难熬得像几个世纪，甚至有次听她们小声嘀咕："人品这么差的人的老婆也跟我们一个办公室，谢大姐你的外甥女比她好多了……"后来一打听，原来谢大姐的外甥女今年刚毕业，来招聘没考上，把她恨上了。每天去医院送饭的时候李云还要装作若无其事，儿子已经送到学校寄宿了，还好家里有婆婆搭把手。

"听说那个女伤者也醒了，我去看看她吧，也破破谣言。"中午和丈夫谈话时，她无意间开起了玩笑。丈夫皱皱眉。也许是压抑了太久，她就把办公室的事一五一十地说了。丈夫沉默了许久，说："委屈你了，这些造谣的人都恨不得别人不幸。如果她们真以这个借口把你下放回工厂，那你怎么办呢？"李云发愁地摇了摇头。"很可能对手会借这次的事件大做文章，我晋升的希望也会破灭呀！"丈夫沉吟半晌，"要不……我们假离婚？对，如果你和我离了婚，你可以保持一个受害者形象，人们对于弱者会更照顾，就绝对不会把你调离。你不用担心我，我还有伤，何况我是因公事出车祸，没功劳也有苦劳。到时候我就说是你受不了流言蜚语提出离婚，这样我也能博取同情。不过你放心，等这件事过去了我们就复婚。"老陈越说越起劲，两眼像星星熠熠生辉，紧紧地盯着李云。

"那孩子怎么办？老陈，你怎么不说则已，一说吓人呀？你不会真的和我离婚吧？""看你说的，这么多年，我什么时候让你不放心了？镇里的房子、家里的存款都归你，孩子也归你。我都三十九岁了，能舍得儿子不要吗？这是最好的办法了，半年后，等一切尘埃落定，到时候我们风风光光地复婚，弥补当初家贫的遗憾。"想想半年后的幸福生活，再想想现在的困境，李云咬咬牙答应了："离！先瞒着孩子，他正上初三，让他全封闭住校，别干扰了他的学习。"

因为有了期待，半年的时光像流水轻轻掠过。儿子以优异的成绩考上了重点中学，她依旧待在厂办，陈默言也如愿了。但除了每周轮流探望儿子外，夫妻俩在外面见了都得装作陌生人。李云觉得忍辱负重这么久，也应该恢复正常了。

谢师宴上，陈默言来了，身边还带着一个姑娘，那个曾经和他一起出车祸的同事。两人手挽着手，笑意盈盈地和儿子寒暄，亲戚早已明了。儿子有些愣了，看看爸爸又看看妈妈，再看看大家，落寞地说："你终于还是把她带进来了。也对，该走的总归会走，该来的总归会来。"声音很低，但李云听得很真切。她一口热血涌上喉头，手指着陈默言："你这个骗子……"

等她清醒过来，那两人已经走了，只有儿子在她的身边。好像一切只是一个荒诞的梦，可她清清楚楚地知道，一切都不一样了。

听说后来李云实施了一系列的报复行动：贴大字报揭发现代"陈世美"，因侵犯他人隐私被劝诫；和陈默言的现任进行了几场小区围堵战，结局以年纪大的李云失败告终。自此之后，李云上班三天打鱼两天晒网，心不在焉，记错了报表数字，给厂里带来了重大损失，又回到了熟悉的

车祸

工人岗位，戴着口罩，扬着铁锹，一铲子一铲子把最后的岁月铲完。不甘心的她写了举报信给纪检监察部门，要求严查农业局副局长陈默言的生活作风问题。陈默言最终被免职。世事经历了一个轮回，看似回到了原点，可心再也回不去了。

穿过你的黑发望着你

在路边一家中等规模的餐馆中，小黑板上写着菜名：穿过你的黑发我的手。看着这个年代久远的菜名，梅子陷入了沉思。

第一次见到这个名字是二十世纪九十年代，那时候正好流行文艺范，港风从南边吹来，娱乐文体活动也极大地丰富起来。那时，街边的喇叭大声唱着自由与个性；烫着"扫帚头"的弄潮儿，发胶舍得用一斤；阔大的喇叭裤一如那高昂的头颅，兴奋地甩着。年轻的、时尚的，随处可见，日新月异，今天流行这个也许明天就变了风向。新奇的名词屡见不鲜，连餐饮业也不走寻常路，各色菜名取得奇怪，让人雾里看花，没点水平你还猜不透主要食材是什么，分量也看老板心情。大概是南方经济好、老板多，大家收入多了起来，仓廪实而知礼节，社会上开始讲究风雅。在一家酒店或餐馆，大家并不在意价钱的高低，饱腹也并不是第一位的，就餐环境和与谁一起吃才是最重要的，吃的是品位与身份，拉起的是背后看不见但又千丝万缕的人脉关系网。

这道菜其实是个实在菜，主材是猪蹄。有些地方把猪蹄统称为猪脚。猪前脚蹄筋多而劲道，不像后脚肥肉多且腻，于是有些地方将猪前脚改成了雅一点的名字——"猪手"。酒店将这一特色进一步发扬光大，将海带炖猪蹄改成"穿过你的黑发我的手"。这个称呼固然有戏谑的成分，也有写实。两节煮好的猪蹄要吃的时候，可戴上手套或直接上手，抓起一节就可以了。"我的手"也许指猪蹄，也许指客人自己的，全看个人怎么想，小心思也别有趣味。这道菜还是很受欢迎的，分量扎实，价格实惠，又有流行元素，贴近生活。但其他的菜就不一定了，曾有个地方台的经视频道开办了一个根据诗句猜食物的节目，其中的食物大多华而不实。比如"两个黄鹂鸣翠柳"，竟然就是一个白水煮鸡蛋切两半，中间放一点黄瓜皮；"一行白鹭上青天"就是一碗汤上漂浮着一根小葱。这两道菜令梅子记忆最深刻，当时梅子想，如果诗圣知道自己的诗被这样使用，会不会气得从棺材里爬出来。太欺负人了，可劲地逮着一个人的诗作践。到后来，台历上的小笑话都有诸如此类的菜名段子，这些菜也就渐渐消失不见了。谁都不是傻子，钱不是天上掉下来的，也不是大风刮过来的，浮华也渐渐走向了沉稳。

这是一个浪漫的城市，也有人来过这个地方旅游，回去介绍说饮食丰富，值得一试。梅子最想走走那条有名的"反义词街道"，想静静地体会其中蕴含的人生哲理，想把自己想不通的事情给想通，想用美食安抚人心——胃暖了，心也就暖了。看见这个熟悉的名字，梅子有一霎的放松，仿佛回到了那个随时可以笑开颜的年纪，但又一瞬想到自己几十年过去了依旧毫无长进，年岁只长成皱纹刻在额头上就不由得叹气。梅子其实不想带着这样的心情出门，出来玩本来就是要开心呀！其实你没有那么重要，工作离了你也不是不行的，别人也还是可以接手的，或者你在假期继续处理好一些事情也是应该的，你毕竟是领了工资的。自己老大不小了，成年人的格局应是委屈撑大的，不能随心所欲。这次没有进步又怎么样呢？又不是第一次了，肯定是自身有欠缺，有哪里比不上那些优秀的人呗。再说了，也不就是少一点工资嘛。人哪，发生在别人身上的一点趣事就被逗乐了，放在自己身上就沉重不堪。

"吃饭吃饭，饿死了。"一伙人叫唤着拥了进来，其中也有和梅子一个团的临时团友。"大家自己点吧，AA制，一人点一个想吃的菜。"梅子在点菜上缺乏天赋，每次点的菜都太清淡，不适合下酒，和长辈聚餐时没少挨批评。她笑着摇摇头："你们点吧，我不挑食，什么都能吃得下。""那怎么行，这样，你多点几个特色小吃，这里的小吃很有名。"一位团友热情地递过菜单，带着不容拒绝的好意。"好吧，我就点几份豆花、豆沙圆子，团里有一半女同志，大家可能会喜欢。"说来奇怪，在陌生的城市里，陌生人之间特别容易熟悉起来，也更没有隔阂，团友之间就潮流时尚、工作家庭细细分享，一起高谈阔论，从家长里短到国际大事，每个人仿佛都才华横溢，什么都懂。尤其是男同志之间，几杯小酒一酌，觥筹交错，大开大合，什么行业秘籍、人生心得，掏心窝子毫无保留地教给朋友，成年人的友谊就是这么简单。一句"你知道，那个某地的谁谁谁上了一个档次，你知道他怎样上的吗？"就足以勾起在座诸君的"求知欲"，那眼神瞟呀瞟，分明在说"你赶紧来问"。旅行团里，从不缺好的逗哏，甚至有好几个，互相捧场，快活与热闹是很多人的目标。梅子安静地听着，浅浅地笑着，红糖水也微醺，让她的思绪从一个饭局飞到另一个饭局。

饭局里确实能学到很多东西。梅子也知道自己的不足，一下班就想回家待着，不愿参加很多所谓的饭局，部门的聚餐，实在躲不过了才去。饭局上，单位里从不来往的人满场飞，互相称兄道弟，嘻嘻哈哈打成一片，好生自得与惬意。而梅子只会缩在角落里，端一杯饮料独自啜饮，期待从烟圈、脂粉、闲言碎语里解脱出来。

和她同时进单位的朋友小年劝过她："你这样不喜欢，那样不喜欢，和大家的来往少，交情就少了。人情人情，有人才有情。哪个没有圈？

牌友圈、八卦圈、饭友圈……要有一定的嗜好，还不能是太高雅的爱好，否则别人觉得你太清高了，你就融不进圈子。这个世上你以为做完自己的事就行了吗？你不合群，什么好事会带上你？出了娄子倒是一定会记得你。"小年的好意梅子也领，道理梅子都懂，可是终究行动上不给力。梅子像是个懒散的局外人，本性难改，拖一天赚一天的感觉。

梅子有时候想，如果时间可以由人控制该多好：喜欢年轻的，让时间慢慢地过，好好地感受岁月的曼妙；想快退休的，让时间"嗖"地一下飞逝，无病无灾到五十岁，然后过自由快乐的生活。有时候，梅子也会用"无用的社交"这些鸡汤来安慰自己，吾辈不孤，但隐隐的彷徨总是萦绕着她。

相信顺其自然、努力就会被看见真是梅子改不了的"毛病"。也许，她还保留着一点天真，也许，她是单线思维不会发散，有点儿一根筋，不撞南墙不回头，想回也转不过弯了。这也怪梅子的父母，普通人家，没有上进的意识。被保护得太好的人总是不愿面对一些灰色的夹缝，非黑即白反而简单直白。不服输、不妥协，只会平添烦恼。

老同事劝解她："小梅子，要加把劲往上冲。你看人家王二廿，那个年纪都放得下面子，人家不也是女的，你哪方面比她差？她有拿得出手的业绩吗？有更好的能力吗？下面谁服她啊？可是她照样在一片争议声中上位了，她这样的都能……我们是过时的庄稼了，你还年轻，还有机会。有付出才有回报，甘蔗哪有两头甜。"

"我和她没有什么接触，以前也不认识她，隐隐约约听过她的事。"

"你看人家往上爬的轨迹，有哪段经历是按常规来的，人家就是在几次饭局上抢眼。第一次饭局是我们部门的招待会，她还不是牌面上的人，老早打听好上面来人的消息，就一直在酒店门口等，我们结束了她都不走，不和上面的人搭上话不罢休。"老同事恨恨地吐槽，"老黄瓜刷绿漆，装娇滴滴的小姑娘，装作无依无靠惹人怜惜，几杯酒下肚后就头挨着领导说悄悄话了。第二次饭局她就堂而皇之地坐上座了，那痴笑的媚眼，身子都贴上去了，谁看不出来呀？踩着别人的头扶摇直上了，如火箭蹿升的速度，这'行动力'……啧啧，她上位后，荣誉和掌声全成她的了，其他人还有声音吗？你看，现在围在她身边的也都是一群豁得出去的，都是不走寻常路的。"

"你这话……不好这样说吧。"梅子呛了一下，皱着眉，低着头搅杯子里的茶叶。

"你这个傻子，她没打压你吗？还不肯人说事实。人家是剥了皮都会跳。你呢，叫你吃个饭推三阻四。"

"吃饭有那么重要吗？"梅子苦笑着反驳。

"你说呢？吃什么不重要，陪好了才重要。"意味深长的教诲。

"我做不到，这个我永远学不会，"梅子打了个冷战，"成功也不是能随便复制的。"

"'文武双全'是王道，你太文气了，太柔弱了。"老同事恨铁不成钢地摇头。

"有什么了不起的，我只吃自己该吃的饭。"梅子狠狠地咬一口蹄花，肥肉不敢吃，这个可以大口咬，美容养颜。蹄花不但名字文雅，还特别真实，真心实意地贡献自己的美味。富饶之地的蹄花果然味道好，一点不油腻，价格还实惠。蛇有蛇路，蚁有蚁路，自己花钱买的，吃着就是香。

一位团友又分享了八卦消息，大家哄堂大笑起来。梅子慢悠悠地挑起奶茶中的珍珠看了看，糖水放了蜜自然甜，丰富的特产总能找到一种自己喜欢的。

一路走一路吃，两条相邻的巷子有着截然不同的风景。那边繁华的街市里，卖辣椒的都有销魂的磨粉舞，唱一句广告词扭一下小蛮腰，辣椒买不买是其次，踩高跷的古装男生多变的表情，现代女子火辣的劲舞，长短不一、各色的腔调咿呀着，总有一款吸引你。另一条街道有点闹中取静的意味，街角掩映几株翠竹、红枫，偶然抬头，墙上悬挂着各种花木、丝线、脸谱、油纸伞。身边的游客在追寻巷子背后的传说，也许一个直中取，一个曲中求，走的路宽窄不同，结局也大不同。

梅子在一个圆盘花坛歇脚，不知是谁在边上放着听不懂词的梵音。一个皮肤白净、穿着异域服饰的年轻人端坐着，拍着一个造型奇特的手鼓，速度并不快。年轻人沉浸在自己的音乐中，敲着自己的节拍，是那样的旁若无人。梅子听得入了神，望着他，穿过他的黑发注视着远方，眼前沁出一幅写意山水画；他也慈悲地望向梅子，众生凝成一片黑白，向高窗外仰望，一只鸟刚刚飞过。

维　谷

世界上根本没有意外，只是事总在你不想来的时候来。

——肖鱼

　　"丁零零"，手机一直响，肖鱼回头一看，是未留存过的号码。她迟疑地盯着，深深凝视，好像要用大数据透彻分析出这个号码的来龙去脉、前世今生。带振动功能的手机旋转着，奋力地挣扎着，像无意间搁浅在沙滩上的鱼，嘴不停地翕合，渴求一滴救命的水，不到生命最后一刻绝不放弃。它又像一位陌生人，肖鱼犹豫着是否要交这个新朋友，接触后会不会有什么坏影响。空荡荡的手有千斤重，不能向前拿起手机，哪怕它就在自己身前不到十厘米。

　　正在看动画片的小女儿大声喊："妈妈，妈妈，快接电话，吵了很久了！"

　　房间里的大女儿探出头来询问："妈妈不在吗？"两张疑惑的面孔一齐向肖鱼转来，无声地问：怎么了？

　　"妈妈，你人不舒服吗？"小女儿怯怯地问，"我给你暖暖。"她轻轻地把脸贴过来，小手抚上肖鱼的额头。

　　肖鱼挤出一丝笑："没有，妈妈没有生病。过年了，可能是骚扰电话，这种电话太多了，不想接。"

"哦，骚扰电话，不要接。"小女儿一下子"咯咯"笑出声来，嘟嚷着，"真是的，现在怎么这么多奇怪的事情，坏蛋真是太多了。"

"还是接一下吧，响了这么久，万一是有什么紧急的事情呢？又万一是阿姨们给您介绍的客户呢？妈妈，您在做保险行业，就要和不同的人打交道。不要紧，如果是骚扰电话就马上挂掉。"读高中的大女儿委婉地提出了不同的意见。

女儿说的道理肖鱼都懂，只是肖鱼不想接到某些人的电话，她也不想让女儿知道其中的原因。肖鱼挤出一丝微笑，无奈地拿起电话，走到窗台前，示意孩子们她需要一个安静的地方。孩子们理解地坐回了原位，忙自己的事去了。

"喂，你好，请问哪位？"肖鱼平复了一下心情，不紧不慢地接通电话，带着一丝谨慎，仿若罩上了一层轻易不破的防护玻璃。

"喂，请问是肖经理吗？你有空吗？有点事找你，能见面谈吗？"耳边传来一个似乎吞吐又肯定的声音。

"有什么事吗？"肖鱼忽然站直了身子，关上了半开的断桥铝窗户，一下隔绝了外部的声响。

"你是李明的老婆吧，有点事和你说。""你打错了。"肖鱼像触电般立刻挂断了电话。电话继续响了起来。关掉振动，打开静音，拒接，肖鱼敏捷地完成这一连串动作后，像骤然失了水的鱼，软软地倚在窗边，张大嘴呼吸。外面是一座又一座房子，冷冰冰的灰白色，冷冷地注视着她，房子都是相同的样式，只是高低参差不齐而已。一个个小黑点在房子空隙处移动，很想一口咬下什么，严肃地与人打招呼。天空惨白的，云也没有流动，死寂死寂。安静本来可以使人心旷神怡，哪怕是单纯地发发呆，在这个奔波的日子都难能可贵，可这种沉寂实在是让人心情烦

26

躁——有多少个这种看似陌生的电话，令人心口隐隐作痛的电话。在过年前的一个月，已经有很多次这样的电话，肖鱼已不想去计算了，哪怕梦里惊醒，也是各种奇怪的铃声。女儿们欣喜离上学更近了，看见妈妈的时候更多了，妈妈再也不用赶末班车了，妈妈也是穿上漂亮职业装的白领了。

肖鱼想趴在靠垫上睡一会儿，但捆绑好的短发一碰上靠垫就产生了静电，像炸毛一样竖了起来。她想不通，都是在同一片天空下，都是过日子，为什么别人的日子过得都很轻快，目之所及皆是柔情，自己却大事小事不断，麻烦一个接一个呢？怎么自己现在会过成这样呢？生大女儿的时候，肖鱼是最受宠的小儿媳妇，只要好好带娃，一应家务从不用插手，公公婆婆也帮忙。大哥大嫂也是文化人，读了大学有好的工作，偶尔回来吃饭，看见了父母对小儿子的偏爱，也是一笑而过忙工作去了。李明在当地的一家企业上班，工作清闲，一日三餐都按时回来，一家人生活恬淡而甜蜜。那时候，肖鱼每天最盼望的就是李明下班，明明分开才一会儿，两个人就又有说不完的话。倚门盼归的心是如此热切，肖鱼觉得一切都是老天最好的安排。肖鱼也算是从米箩跳进蜜罐了，一个家境一般的农村姑娘，见多了不和的家庭为鸡毛蒜皮争吵的种种，她格外珍惜拥有的一切。同乡邻居也笑着打趣，说肖鱼脾气温和、做事勤快，老公温柔体贴，两人真是一对佳偶，公婆也善良慈祥，真让人羡慕。现在怎么一听见有关李明的电话就成惊弓之鸟了？实在是怕了。从身边第一个朋友隐晦的提醒，到亲戚尴尬的神色，肖鱼像被水泡软了的面条——没熟不能下咽，却再也没了精气神。李明去哪了？该是这个大男人来面对这一切的，他有本事掀瓦烧屋却没本事灭火，把难题留给了妻儿老小。

人的一生没有足够的时间去完成每一件事，没有足够的时间去满足每一个欲望。

"那个刘大姐真是好笑，就是那个谁的妈妈，他儿子是你好朋友。她前些天拦下我，说你欠了她儿子钱。"肖鱼向丈夫吐槽在她看来莫名其妙的事。做全职妈妈以后，肖鱼与老公围绕着孩子、灶台、工作交流三两句是常态。李明自从一个人开店后，有时回来很晚，有时守在店里，但只要回家了，再疲惫也会抱抱孩子、和妻子聊两句，肖鱼觉得两人一直是无话不谈的，没什么需要隐藏的。"就是那个你说过的，前年喜欢和你一起打麻将，想赢大钱的那个。那年他和几个不熟的朋友赌输了好几万，连抽烟的钱都没有了，还是你借钱给他过年买年货的呢。"

"绝对没欠他的钱，"李明笑笑，斩钉截铁地说，"我都很久没见过他了，听说他最近被家里人管得很紧，家里生意都不让他管账了。不会是他老娘和老婆都晓得他欠钱的事了，他就推我身上了？这个小子！不信的话，你打电话问问，我怎么可能借他的钱！"电话递了过来。

"不用了，后来刘大姐没再找过我，可能也是晓得真相了。唉，碰上一个不省心的儿子也是没办法，他们家日子还不好吗？连锁药店开了几十年了，不缺钱，如果正常过，一辈子不用愁。现在倒好，财权被剥夺了，关在家里看老婆脸色吃饭。"

"是啊，是啊。不过，你怎么那样信我？"李明严肃地盯着肖鱼问。

"啊，怎么了？"肖鱼回头望着李明，似笑非笑，"你是不是做了什么坏事没告诉我。最近我变蠢了，一天到晚就晓得接送大囡、在家带二囡，出门就是去学校和菜市场。你有什么事要老实交代，从别人那听到闲话可不好。"

"没什么事，我能有什么坏事要交代？"李明有点急了，"我所做的一切都是为家里好。"

"我当然是相信你的，只是给你打打预防针嘛。再说，我在家里闷久了，对外面不是不了解吗？多和我说说，不然我要和社会脱节了。等二囡上幼儿园，我就可以和你一起出去打拼了。"肖鱼笑吟吟地撒着娇，憧憬着不远的未来，"家里的电玩城生意还好吧？"

"生意好得很，现在人口袋里都有钱，脑子灵光的人还能赚点小钱，大部分男同志一玩就是一下午，联网大屏幕游戏比小手机还是更有感觉。我准备扩大规模，把你以前那生意不温不火的小鱼池、拼图室改掉。老万说要和我们合伙开新店，他有路子可以联系到更新的游戏机，我去融资。"

"融资？借钱吗？你想清楚了？老万可靠吗？"

"钱不要担心，我和朋友已经说好了。老万能力大得很，他就像糯米麻糍粿，掉地上都能粘点沙回去。他哥还是我们这片的能人，罩得住。"

"这样厉害的人能跟我们合伙吗？"

"你这是什么意思？怀疑我识人不明吗？我和老万穿开裆裤时就是兄弟了，两家亲如一家。"李明毫不犹豫地反驳了肖鱼。木已成舟，肖鱼只好接受了事实。人情社会，有些事也确实需要方方面面的打点。生意做大了，一些不可言说的经费也要准备。肖鱼心想也许是自己见识浅，瞎担心了。

随着城镇化推进，公婆家的老屋遇上了拆迁，要补偿款还是安置房是个大问题。大哥他们早已买了新房，而李明一直在父母身边，爹娘疼幼子，公公婆婆肯定会为李明考虑。两个女儿渐渐大了，一套靠近重点中学的学区房是必需品。大嫂显然也盯上了补偿款，这段时间往家里跑得很勤，家中局势骤然紧张起来。最后，大家一致同意选补偿款加房的组合方式。

维谷

29

每个事物总有其固定的寿命，虽然大家都清楚这一点，但结束那一刻，心仍然很痛。

拆迁的事尘埃落定，补偿分成了四份：两位老人一人一份现金，住进了另一栋自建房；大哥家一份现金；肖鱼一家如愿以偿住进了新房，孩子也读上了心心念念的学校，自己也找了一份保险公司的工作。肖鱼知道这种表面上的公平，大哥大嫂肯定是不愉快的。可是作为得利方，理亏的她对嫂嫂的暗讽只能睁一只眼闭一只眼，尴笑以对。每次节日聚会、家庭团圆日，妯娌间再也没有从前相视一笑的融洽，多了一层说不清的隔膜。大哥大嫂吃完饭便匆匆离去，多一丁点的话也不曾丢下。公公婆婆愈加疼爱幼子，盼望着多唠叨、关照几句。让李明多回家陪伴父母，假期带孩子一起多看望公婆，这是肖鱼能做到的补偿。现在，一个孩子在学校寄宿，一个孩子由肖鱼接送，夫妻俩各自奔波忙碌，李明常常在父母家吃饭休息，肖鱼已经不清楚李明到底多久没回家了。

为了体现个人价值，也为了获得更多的经济利益，肖鱼参加了保险经纪人的培训，从后勤转成了一线经理，风风火火向前冲。高级培训师有一些巧妙的话术：所从事行业是朝阳产业，内心要坚定相信自己所做的一切都是为顾客好，条文有模糊的地方务必用情感弥补。肖鱼有些担忧，越来越患得患失，她渴望转变的到来，渴望依靠自己的努力多一些选择。越是期盼，越害怕承担失败的后果，这是骨子里的懦弱。一些问题，肖鱼视而不见，也不想深究。

"啪"，一个杯子碎裂在地上，拉开了毁灭的序幕。第一个杯子真是肖鱼在受到惊吓后无意碰倒的。

"爸说家里来客人了，是你以前的同事，让我们回家一趟。"

"你不用去。以前的狐朋狗友，肯定是来吃吃喝喝、打牌玩耍的，到时候抽烟的人多，乌烟瘴气的。你还是在这边，放学了好接娃。"李明极力劝阻着。

"那好吧，你去好好招待他们，买点菜去。"李明走后，肖鱼总觉得不太对劲。哪有朋友来了，女主人不招呼的道理，何况以前李明哪次出去不带她？生完孩子那会儿，肖鱼身体发福得厉害，李明尚且拉着肖鱼，头挨着头说话，一起进出，今天为什么例外了？肖鱼本不想以恶意的态度揣测自己的老公，但隐隐冒出的念头在凳子、沙发上生了刺，她再也坐不住了。一看时间还早，她匆匆打车回了公公婆婆家。

到门口，公公拦住了她。"你先别进去了，这几位一来就围着房子上上下下地走，像第一次来看新房，现在上三楼和明仔说话去了，不知道有什么事，神神秘秘的。""悄悄去看一眼，看明仔瞒了什么事再说。"

"大家都有自己的难处，但是你要考虑一下我们，约定好的时间一拖再拖，我们也要清账的，大家都是要周转的。今天必须有个结果了。"一个声音斩钉截铁地落到地上，像石头砸进人的心里。

"你放心，你还不知道我家吗，会差这点钱？前段时间还拆迁了老院子，钱我一定会还的。只是最近环境不好，店里又添置了新设备，我借给朋友的钱也还在朋友那里周转。"李明赔着笑，软软地回应。

"说一千道一万，欠债还钱天经地义。我们借钱给你的时候可没有这么多理由，是看在老同事、朋友的分上，你说一句就爽快地借了，我们连私房钱都掏出来了。拿不到钱，我们今天就不走了。"双方剑拔弩张。

"我也晓得对不起大家，真不好意思，我一定会还的。退一万步讲，我现在住的这栋楼房面积近一千平方米，土地面积三百多平方米，拆了就是个大金蛋，不会缺钱的。等我缓过来，立即还。我和老婆都闹离婚了，我爸妈还不晓得这事呢，我会在他们知道之前还清的，你看……"

楼上传来不知是纸还是证件丢在桌子上的声音，肖鱼愤怒地张大嘴却发不出声，很想冲上前去质问却被公公轻轻地拉下了楼。公公说："你先去看看你姆妈，她在菜鸟驿站那边聊天，等会你和她一起接人，晚点回来，家里我在就行了。"

太阳晒晕了花朵，也晒得肖鱼头晕，她无法想象公公当作毫不知情，笑脸招待的心酸。一个退休老干部为了儿子低声下气，一个德高望重的老人在暮年要接受小儿不成器的事实，可木已成舟。肖鱼有点痛恨自己那该死的直觉，如果不是那么敏锐该有多好！没有走这一趟听见那些不想听的话该有多好！这世界就是这样，你不想碰见什么，偏偏就来什么，一团乱麻从哪里起头好像都是不对的。可是又能怎么办呢？不管你接受不接受，它还是来了。晚上，街上灯火辉煌，可没有一盏为自己而亮，肖鱼思索再三还是回了公公家。

"你回来了。"相比公公的沉默，李明的殷勤更让人心慌。

"那些人都走了？""是，打发走了，没什么事，你不要太担心。""我什么时候和你离的婚，你又欠了多少债，我不会是最后一个知情的吧，你到底撒了多少谎？"肖鱼觉得眼前一片迷茫，自己从未真正认清身边人。

"离婚是开玩笑的，总要找一个借口下台阶啰。事真不大，来，先喝杯茶，外面风吹得冷。爸，你也坐下来，我慢慢和你们说。"李明嬉皮笑脸地回答，"上次我们电玩城准备扩大规模，于是向老李他们挪了一笔钱，不多的，说好三个月还，资金一下周转不过来就延期了。""到底是多少，几个人都借了吗？""一个是两万，一个是四万，一个是五万，一个是七万，都是他们藏的私房钱，我也没想赖。""就这么多？真就这么多吗？"肖鱼追问，长吁了口气，肩膀松下来，端起了茶杯。

"明仔啊，你店里这点流动资金都拿不出吗？能借钱给你的人是贵人，人家借你是相信你，可不能对不起朋友。"公公板着脸教训。"这不是出了点问题嘛……"李明开始支支吾吾起来，"上次进了一批游戏机，被收缴了，还要停业整顿。""游戏机怎么了，你不会是买了赌博机吧？"肖鱼"腾"地一下站起来，不小心拂倒了杯子，水缓缓地滴下，热气袅袅地上升，湿了地板，也湿了眼眶。

"电玩城为什么要买赌博机？这是法律明文禁止的，原来的生意已经很好了，你为什么会起这样的歪心思？"公公气得拍桌大骂，更多的杯子"哗啦啦"碎了一地。"是老万说他有门路，保证挣大钱，谁知道……""老万说，老万说……你自己没脑子啊！还不是你自己贪心。他是什么人你不清楚啊，能扶上墙他还会在街上混成了那样？你都读了技校进企业，他父母哪个不比你爹厉害，有好的机会都安排不了一个工作吗？他嘴里有一句真话吗？"

是啊，老万，本村人都称他为"老水先生"，很会说话，说起话来滔滔不绝，聊一天词都不会枯竭。但他说一堆话，你找不到一句有用的，只晓得他很厉害、很会来事。现在说这些还有什么用呢？

"那些钱你准备怎么还？"公公一针见血，"其他的再谈都没有什么意义了！你回原单位上班去，这边整改好了请个得力的经理。""一边还一点，我再去找点事做。""不要好高骛远，你同事那边我帮你一家先还一万，有个缓冲。这件事，不要让你妈知道，省得气着她。"公公沉着脸下了决定。"爸，爸！"李明羞愧地垂下头，没有拒绝。事情看似告一段落了，两个人快快地回家去，等风波平息。

酒后你说自己没醉，人们认为说这话的人就是喝醉了；你只好又说自己醉了，可别人却认为你很清醒。有时候，这是无法言说的悲伤。

电视里一位女歌星正在演唱《交出邦尼》，身子扭成夸张的形态。肖鱼此时站在床上，踮起脚尖想拍打蚊子，可是够不着。她使劲伸长手臂挥舞，想把它赶走，或让它绕到下面来，可是它迅疾地穿过肖鱼的手臂，像一只花蝴蝶。肖鱼突然理解小女儿喜欢在这里跳跃的原因，这张新床特别有弹性，像蹦极的床，只是没有捆绑的安全带。跳着跳着，身体轻盈了起来，仿佛心也轻松了起来。只是戏弄人的蚊子又将人拉回到现实，今天晚上，一定要消灭你。"邦尼"是英文 bunny（兔子）的音译，代表人们心中的欢喜和不转弯、不回头的勇气。肖鱼对蚊子轻轻地说："你过来，你过来。"为了引诱它们，肖鱼不惜献出自己的热血，可除了躁动不安，一无所获。

小女儿说，把纱窗打开，搽花露水，这样就不怕蚊子了。小女儿是那么的天真，她肯定忘了她经常搽了花露水还是被蚊子叮得又痒又难受。小女儿皮肤特别嫩，被蚊子叮后小红点几天都不消。外人见了总是说："肖鱼，你也关心一下女儿吧。"肖鱼无力解释，更坚定了她和蚊子"战斗"到底的决心。关键是蚊子不停地在你耳边盘旋，"嗡嗡"的声响，让你毫无睡意。想起沈复《童趣》中观蚊，得物外之趣，作青云白鹤观——他一定是吃饱了撑的。

好脾气的大哥竟然冲到了家里，狠狠批了肖鱼一顿："你到底管不管你老公，或者你们本来就是一伙的，太自私，太过分，老人钱也骗去，妈都气病了。"被暴风骤雨刮了一顿的肖鱼还摸不着头脑，只听清了一句，妈病了。"她在哪里？"一阵兵荒马乱之后，夜已降临，肖鱼和哥嫂终于把婆婆在医院病房里安顿好，做完了检查等待医生出报告单。婆婆慈爱地赶人："都回家去吧，我没事的，只是头有点晕，可能血压有点高，你爸在这里就行了，你们明天都要上班的。""那怎么行？爸也年纪大了，至少要多留一个轮换值守，我先来吧。"肖鱼第一个说。

"那可不该你留啊，等会儿看妈那儿还有多少好东西一起卷走……"大嫂酸溜溜的话还没说完，就被大哥打断了。"不行，我是老大，哪有叫一个女的守的道理。还是我先留下，明天换明仔。"大哥说。

"咦，李明去哪里了？今天他没有晚班啊，他不在家吗？"嫂子说那话是什么意思？这些疑惑加疲惫成了压死骆驼的最后一根稻草，肖鱼实在忍不住了："嫂子，我们是向爸借了四万元钱，李明领了工资会还的。我的收入也有起色了，保住家里的开销还有结余，店里开始运营就会好转的，你不用那么担心。"

"四万？哼，如果只是四万就好了！爸那里老本都光了，还好二老有退休金，不然以后怎么办？""到底怎么回事？"肖鱼怔怔地望着大家，只有自己一个人被蒙在鼓里。肖鱼的委屈在大嫂看来显得矫情。

粉饰的太平在撕掉薄薄的外皮后，真面目更加丑陋。真相在看似不经意的、轻轻的触碰下揭开，内里千疮百孔，积怨已到火山喷发的边缘。

"你不要怪我说话难听，爸妈疼幼子，你们夫妻平时得到的够多了，我有一句怨言吗？我们读了书，自己有能力，所以不和你们争，不是不能争。但你们俩太过分了，把整个大家庭都想拖进无底洞。做生意不是赌博，要在一定的规则里，要有底线，以后你们的事自己解决，不要再吵爸妈了。他们年纪大了，不像你们经得住折腾。你们离大家远点好。"大嫂说完，病房里一阵难堪的寂静。

这厢是划清界限，隔壁一个病房却闹腾起来。一位老人刚送来吸氧不到半小时就闹着要回家。护士劝阻道："你半夜送来，好不容易抢救过来，一身基础病，医嘱说要吸氧三小时为佳，怎么就想回去？家里没有这么好的医疗条件，万一又发病怎么办？"老人安静下来。老人的儿子隔几分钟就问护士什么时候能完，他要开车回去了；儿媳则劝慰："没事的，小孩在婶婶家待着，多待一会没关系。"两个年轻人一说话，老人就想回家。旁边的老太太看看这个，看看那个，一句话也没敢说。

我做什么都不对，肖鱼心里想。我是该待在医院，还是该安静地走开？现在的我做什么都是别有用心，李明你为什么让我陷入如此境地？

纸是包不住火的，该知道的迟早会知道，该发生的推迟了也还是会到来。

肖鱼终于知道了李明闯下的祸事。李明因为急于跳出坑赚大钱，向亲戚朋友到处借钱去投资。这个世界哪有年利息10%还包赚不赔的好买卖？最后圆不了场，找中间人调解，公公拿房子抵押。好在没有借高利贷，三年内可以还清本金，已经还了不少，剩下的实在是无能为力了。一些关系还好的亲戚在耐心等待，一些所谓的"朋友"却逼得李明要跳楼。就这样，催债电话不停打到家里来，肖鱼接到麻木。她实在是怕了，也不知是真是假。

肖鱼和两个女儿还要生活，她恨不得让每一张白纸都变成钞票。小女儿吵着要买一个新的芭比娃娃，肖鱼毫不犹豫拒绝了她，不懂事的孩子哭喊着："我要爸爸回来，爸爸会买的。"肖鱼气得和孩子哭成一团。你跑到外地说是去打工了，把难题都留给我。工作上的疲惫还可消除，家庭生活里的压力最难独自承受。夜深人静，肖鱼不敢静下来去统计还欠多少钱，只是想一直忙下去，以前再喜欢的音乐现在听来都是悲曲，手里空空的握不住一点沙，每天像打仗一样赶过来、飘过去。

大女儿怯生生地问母亲为什么一个人呆坐会流下眼泪，一点小事脾气就变差，肖鱼说："最近我吃多了辣椒，太辣了，刺激上火，晚上睡不好，就会这样。"女儿奇怪地嘀咕：超市买的青椒怎么会辣呢？又不是红辣椒干。肖鱼很想告诉女儿，青椒在成长过程中如果缺少肥料养分，长大会特别辣。希望女儿永远不要有这种体验，她会拼尽全力，不让女儿遭受风吹雨打。每次拿到借条时，肖鱼安慰自己不要怕，走上正轨后还起来很快的，父母亲还在，饭还有得吃。她对债主说："你不要怕我会逃，我的信用很好的，已经还了不少钱了。如果用东西来打比方，市中心一套靠近重点中学的学区房绝对买得下。"只是说着说着，肖鱼泪如雨下。

维谷

月 亮 钗

（一）

"李姐，你家真漂亮！"一推开门，光可鉴人的大理石地板闪了小媛的眼睛。那豪华的真皮大沙发，那精致的博古架，无不透露出主人家的富贵。小媛东摸摸，西看看，小心翼翼地坐了下来。小媛是单位新来的代办员，很是活泼。她一说话，总能让人觉得一片羽毛挠到你的痒处，声音又嗲又腻，甜得令人舍不得囫囵吞下。很快小媛就成了办公室的开心果。这不，李毓凤把这个加班的小老乡带回了家。

"漂亮什么呀？也就能住人。今天你就在客房休息一晚，反正我老公也出差不在家，你自己熟悉一下洗漱间。"李毓凤笑着说，"你这张小嘴甜死人，将来不晓得哪个有福气得了去！""哎呀，我说的是真话，你咋不相信呢？不知道我什么时候能住上这样好的房子。""努力，将来都会有的。""嗯！"小媛挥了挥拳头加油，孩子气的模样逗笑了毓凤。要说自己还有什么让人羡慕的地方，那就是这套房子买得还算值。当初住单位宿舍，多热闹啊，女儿也是在那出生的，可单位宿舍太挤了，于是夫妻俩咬牙贷款买了小房子。后来老公下海经商去了，毓凤边上班边操持家务，有时候真的感到身心疲惫。钱是越来越多了，房子也越换越大了，可他也越来越忙了，三天两头不见人影，女儿也送进大城市的学校了。家是越来越冷清了，只有那墙上的挂钟冷漠地盯着这一切，永远不转动，那是毓凤闲来无事的作品——一幅十字绣。一切归于平淡，照顾老乡也算是调剂生活。

"姐，你人真好，干脆帮我介绍个男朋友吧！""你才多大，就等不及了？""你不知道，我是家里的'老大难'了。在我们农村，要是二十四五岁还没有对象，肯定会有风言风语。我要求也不高，在城里有房、能养得起我、看着顺眼的男人就行。现在找，不至于到冬天像土里剩的庄稼，荒在地里。姐夫身边有没有这样的男人？""你可不要找他那样的，忙得不着家，知冷知热的身边人才好。"

"男人是靠自己管的，一个好女人能把坏男人管服帖了。日子好了，比什么都强。感情是慢慢培养出来的，在一起久了，自然就有感情了。""嗨，丫头，你还小，感情哪有这么简单。那你说说对男人的理解，说得对，还真有人选，找我先生那的未婚青年来联谊也不是不行。"毓凤故意逗乐，没想到小媛当了真。"那我可说了，今天陪姐好好聊聊，接受教育。"

"抓住男人的第一要素就是要吸引他的眼睛。再漂亮的女人也经不起折腾，不拾掇自己的女人只能用邋遢来形容。两个差不多的女人，一个在城里打扮入时去上班，一个在农村看孩子种地，五年后，为什么一个天上，一个地下？归根究底，对父母给的这张脸要好好保护，'外貌协会'可不是传说。""有点道理，美丽的东西谁都爱，我自从过了三十，不化妆都好像对不起他了，生怕他嫌弃我老了。好女怕做娘，一生了孩子，皱纹就'噌噌'地增加！""看吧，别看我小，见也见得多了，说到你心里去了。"毓凤也来了兴趣："那第二呢？""第二要心性好，坚韧不拔。只要功夫深，铁杵磨成针。看你够不够聪明，平时多嘘寒问暖，找共同语言，打好基础，喜欢他，再崇拜他，他会无动于衷吗？日久生情说得没错。"毓凤笑得前仰后合："那照你这么说，看见条件好的男人，女人就像饿虎扑食似的，也不管人家喜不喜欢你，那不成逼亲了？太无赖了。就算成了，心里会没有疙瘩，将来日子会好吗？有一天他条件变差了，你会不会后悔？只要流露出一点点悔意，他不会察觉吗？一辈子很长的，虚假的情意能支撑你走过四季的轮回吗？""怎么不成？我一个表姐就是倒追了六年终于成功的，今年说要回来结婚。我妈老是拿她来教育我，说什么时候我也能嫁个成功人士，她就知足了。听说我那表姐夫还是个留美博士呢，有学问，家境又好，人又帅。这种多金的钻石王老五怎么我就碰不到呢？""真是好榜样，侥幸成功了。"毓凤皱皱眉，没有多说什么。

"第三，好货要守得住。外面的世界很精彩，自己的男人不但要会调教，还要管得严。""小媛，我怎么感觉你比我这个结婚很多年的人还懂，谈过男朋友了吧？""我都谈好几个了……不是，参加工作了，经历多了，社会就把你教乖了。你还别不当回事，你就看看你的发梢，分叉的根部绝对老化了，白了就要剪掉。这可不是车标三叉戟，那是身份地位的象征。也不要以为到时候大多数头发会分叉就不管，不管迟早会变成'茅草堆'。对男人也是一样，有苗头要注意，等到问题真的爆发了，就来不及了。"小媛噼里啪啦地一通好心，怜悯的眼神好像一片乌云拢了过来。毓凤浑身不自在，淡淡地说："早点睡吧，明天还有事忙呢。"小媛娇笑着又开了口："你看我真不会说话，让姐不高兴了，真不经夸。"李毓凤一夜无眠，摸着空荡荡的大床总感觉凉飕飕的。冬夜长得令人难熬啊，空调暖身不暖心啊。

（二）

和往常不一样，毓凤今天提早起床了。她急匆匆地梳理长发，却发现小媛还没有醒，大概昨天太累了。她想着昨日的对话，在手没有彻底酸之前终于盘出了一个凤尾髻，很有古典韵味。发型拉长了脸庞，显得年轻了许多。她仔细地划拉，终于在首饰盒里找到了那个月亮钗，钗面是小小的珍珠穿成弯月，九个月亮，下面加上夹子，是那年和老公去海南过年买的。珍珠不大，价格也不贵，不知为什么，毓凤就有股强烈的直觉，犹如落叶在深秋，总向往大地的怀抱，在琳琅满目的商品中一眼就相中了它。老公笑她小气，大珠链不要，要小芝麻。她不管，微风吹着海浪，一个个细碎的泡泡破灭又卷起，抛向未知的天空，绾起长发别进钗，心蓦地安稳了下来。

"李姐，睡晚了，这一觉太香了，我都以为是在自己家了。"小媛推门进来，打断了李毓凤的冥想。"啊！收拾好了，我送你去车站吧。""要不，姐，你也回家去看一看。现在村里变化可大了，路修好了，像个花园。如果村里有好工作，我都不出来了。"毓凤有点动心，那就去。两个小时一晃而过，毓凤又重新踏上了那块熟悉而又陌生的土地。

正是炊烟升起的时候，村东头的那棵大树还在，也许当年躲雨的蚂蚁也有了自己的子孙后代，大树下多了条石砌的护栏，添上了花花草草。远远望去，家家起了新楼房，崭新的一片。推开沉重的大门，继母热情地迎了上来："回来了，快进来。"继母忙着端凳子、摆果盘，毓凤笔直地站着，那句"陈阿姨"总是堵在喉咙里出不来。"我爸呢？""他和你弟开会去了。""弟"是陈阿姨改嫁带来的孩子，李毓凤知道陈阿姨对爸爸很好，可怎么都和她亲热不起来。李毓凤想起病恹恹熬日子的妈妈过世一百天之后，爸爸就娶了这个村西头的寡妇，说是照料这个家，可每次看见爸爸和这个阿姨为一点小事笑开怀的样子，画面就莫名刺目，好像有什么重要的东西已经不再属于自己了。自己成绩那么好也只读了中专，阿姨的儿子上了高中，当上了村民代表。前两年家里老房翻新，毓凤还是出了十万元，但回来得越发少了。毓凤眼睛盯着电视有一搭没一搭地回话，好不容易等到父亲回来。"爸，怎么那样忙？""喜事，村里要发达了！"父亲的快活是皱纹都挡不住的。

"什么喜事让爸激动成这样？"毓凤有点心酸，爸终究还是老了，还是多回来看看吧。这些年，自己到底错过了什么？

"有个成功人士准备回老家创业，造福乡里。听说是留美博士，在外面事业做得蛮大的，娶的老婆也是我们村出去的大学生，这次回乡祭祖了。"弟弟迫不及待地报告，浑不管这个姐姐没给过自己几个笑脸。

"喏，就是那个陈然，你读书时的同学，一天到晚来邀你一起去学校的陈然。当年你们可是学校有名的尖子生，没想到他后来搬到城里读高中，现在这样有出息。不过，当年他就有这个苗头了，我眼力还是不错的！"父亲一拍大腿，兴奋地和闺女分享这个好消息。

"陈然，怎么会是他？他要回来？结婚了？也是，应该结婚了……"纷繁的信息猛地砸晕了毓凤。她怎么会不了解陈然，当年他是班长，她是学习委员，俩人从小学一年级到初中二年级一直是同桌。陈然每天准时到她家来找她一同去上学。小时候的毓凤不知道星期天是不上课的，每天背好书包都想去学校，父亲就拜托陈然和她做伴，一伴就是八年。两人是形影不离的好朋友，到初中时也有了朦胧的好感，他还偷偷地把妈妈的发簪拿来给她别上，告诉她自己家有一根银发钗，漂亮极了，上面有块红宝石，像月牙挂在树梢，是要给他媳妇的，将来他就送给毓凤。钗子没等到，来的却是陈然妈妈。她说为了给陈然更好的学习环境，决定全家搬到县城去住，希望毓凤同学这段时间不要来打扰陈然。毓凤羞愧地低下了头，她知道陈然妈妈的意思——怕毓凤成为陈然的包袱。阿姨怀疑的眼神深深刺痛了毓凤年轻敏感的心，她发誓要混出个样来，让陈然妈妈后悔去。可初三还没到，毓凤妈妈就熬不过去了，留下一堆债务和茫然给了父亲。毓凤再无心去打听陈然的消息，风筝从此断了线。

他要回来了，若是碰到了会说什么，又能说什么？没有人注意到毓凤的沉默，父亲和弟弟又凑到一起，考虑本地有什么好的资源值得投资开发，继母笑盈盈地为他们添饭夹菜。毓凤吃了一顿品不出滋味的饭，抛开了去看看父亲特意为她装修的房间的念头，急急忙忙地走了。

（三）

回到县城之后，好像一切又恢复了平静，从家里到单位，从单位到家里，毓凤又开始了两点一线的生活。真的什么也没有发生吗？已经有酵母混入了面粉中，一点一点膨胀，只等一个契机。

今天老公又出差了，好几天不回来。还有一个"好"的消息传来，婆婆要来"指导工作"了。上次逛街，毓凤看中一件灰色连衣裙，穿上端庄优雅，婆婆一脸不赞同："那老气的颜色不好看，你不年轻了，买那件花色鲜艳的。站在鹏儿身边要配得上他，不能像姐弟让他丢面子，男人的衣服色调深沉是不显老的，反而显得稳重，女人还是要会打扮点好。""那件衣裳太花了，看久了俗气，穿不出去。"毓凤皱眉。"穿不了再买，你那几个工资，一年到头不吃不喝也存不了多少钱，花了更好。哦，干脆把我看中的那件也付了账，不要几个钱，我穿出去给你长脸，人家夸你贤惠，给婆婆买衣裳。不要以为我图你那点钱，我又没有别的儿子，家里的一切将来都是你们的。我是把你当女儿看才这样说的。"虽然毓凤并不喜欢这样，但还是按婆婆说的做了。

婆婆也曾读到高中，后因家庭原因嫁了人，不爱骂人，也关心人，家里的大事小情从逃不过她的法眼。她只是默默地打量你，指点你能做什么、不能做什么，有不同意见也能说服你听从老人的。她在居委会里威信极高，别人搞不定的纠纷，她出马准行。老公常说："你看我妈对你多好，什么都做了，你不用里里外外操心。你只要上自己的班，照顾一下我就行了，你享福的命。"毓凤想想也是，顺着老人一点又何妨，反正家里过得去，一家人快快乐乐过日子比什么都强，何况婆婆年轻守寡带大儿子也不容易。

偶尔听婆婆和其他老人聊天，说起怎么管教儿媳："只要儿子有能耐，她还能翻天？"毓凤觉得婆婆有点可爱，她自己和儿媳妇相处得不错，怎么撺掇别人管制儿媳妇呢？现在又有几个真正意义上的恶媳妇、恶婆婆呢？这些老人不过是无聊吐槽打发时间罢了。想到这里，毓凤也就释然了，平静的水面还会泛几个涟漪呢。

老娘舅家要做房子了，拉下脸皮来向外甥女借钱。当初两家关系还是不错的，这几年才来往少了，但他家的窘迫毓凤还是知道的。农村人有习俗：不做房子不讨新。表哥年纪也大了，再没新房，就要打光棍了，借就借点吧。不多，两万块。看他们一家人老实，也不会赖，毓凤就答应了。回家和老公商量，他也同意了，婆婆也没说什么，事情就这么定了。毓凤觉得生活还是很幸福的，小日子过得不错，还有能力帮帮亲戚。没想到过了两天，舅妈气呼呼地把钱还了回来，说再也不要来往。毓凤丈二和尚摸不着头脑，婆婆在一旁淡淡地说："肯定是和你爹有矛盾了，不来往就不来往了。"说完，她就把桌子上的钱收走了。毓凤气得当即跑回娘家，和继母闹了一场，最后得知竟是婆婆在外面说她娘家的亲戚死要钱，人都不在了，还来借情面。毓凤面对继母一脸尴尬，突然想问问婆婆为什么要这么做，只是心疼钱吗？她是想让自己众叛亲离，还是怕儿媳妇把钱搬回娘家？斩断自己与老家的亲情，对她有什么好处，她是真的为我好吗？家里有什么东西真属于我吗？晚上和丈夫说起这件事，丈夫一脸不耐烦："日子过得太舒服了，东想西想，你亲戚小心眼，关我妈什么事？无聊，睡觉。"

从此一条鸿沟横在婆媳之间。都说婆婆疼媳妇就像是剥包菜，剥下一层还有一层，层层叠叠，只有剥到最里面的心才知道好坏。毓凤在家里慢慢地不爱发表意见了——虽说原本发表意见也不会被采纳，家里闷得很。丈夫生气地说："你现在脾气越来越大了，我在外面累死累活，回来还要看你的脸色，一天到晚板着脸给谁看？好日子不会好好地过！"都说老实人倔起来更倔，毓凤怎么也想不通：明明是你妈的错，你不说她反而骂我，我自己赚钱，没吃你家的，没用你家的，还要忍着不高兴去逗你妈开心，那是虚伪！难道别人打脸还要把另一边脸送上去？大不了离婚。在淳朴的小县城，离婚绝对不是什么好事，尤其是在男人看起来没什么大错、事业又还成功的情况下，女人肯定要承受更多的质疑。经济独立才能真正独立，这个大道理在一个家庭也是适用的。有工作的女人总是会硬气点，虽然也怕有一天被抛弃，但高傲的头颅想低下来还是很难的。日子僵持着过了一天又一天。

没想到峰回路转，毓凤竟然怀孕了，这个"大肚"真的包容了家里所有的阴沉，大家都有默契地企盼新生命的降临，其他一切都微不足道了。可你永远不知道，下一片雷会在哪里炸响。毓凤煎熬了几个小时，终于有了自己的骨肉——一个可爱的女孩。她在产房并不知情，因为是个女儿，婆婆扭头就走。在丈夫的苦劝下，婆婆才回来，但要求毓凤的继母来照料月子。出了月子，这个家爆发了史上最可怕的战争。毓凤哭得撕心裂肺，觉得头顶是黑沉沉的天，一丝光亮也瞧不见，活得特失败，什么也没有，什么都抓不住。她什么时候才能为自己而活，再也不管外面的风风雨雨？也许是她的绝望吓坏了老公，他主动提出将来婆媳分开住，只是要给他妈另买一套房，一时资金不够。毓凤把自己的存折拿了出来，塞进了丈夫的手里。她和丈夫约法三章：她自己可以没钱，但公司每年必须有多少资金划在女儿名下，由她掌管；婆婆要多少花销不必告诉她，丈夫自己做主，平时三时两节毓凤照例过去送送礼，在外人面前还是和睦的一家。这几年，毓凤真正过上了舒心的日子，手头有不菲的存款，当家做主，事再多再忙，汗水也是甜的。婆婆怎么又要过来搅和了呢？这比听到陈然要回来还让人震惊。难道生活真的是一出狗血剧？不想看，打开电视，还是重复来，惹不起也躲不掉。

（四）

再烦恼，地球还是照常转。毓凤快快地去上班了。同事王姐神秘地凑过来，努努嘴："看到没？对面的小媛没上班，听说相亲去了，去见未来的婆婆。现在的小妮子真精明，都晓得走婆婆路线了。""你知道？"毓凤看见王姐挤眉弄眼的样子好像在影射什么，故意反问。其实她知道王姐的能力，整栋办公楼就没有她不知道藏在哪儿的蚂蚁。王姐绰号"蝴蝶"，轻盈地飞到你身边，不知不觉就挖掘出了你的秘密。但她心肠好，别人有点小麻烦她都愿帮忙，所以大家并不厌恶她。办公室是一个神奇的地方，有动就有静——一个"闷葫芦"，和他说什么都是"嗯、嗯"，惜字如金；一个"评论家"，对任何事都能一针见血地评价，开玩笑也能指出你的话里有几个语法错误，让你不得不赞美他"知识渊博"。王姐常趁"评论家"不在吐槽："哪个领导想不开把他带身边就好了！"毓凤常常想：能直言的人说明性子直、率真，没被生活堵过嘴，现在自己能有他一半会说就好了。现在办公室又多了一个新来的小媛，人气很旺，和大家待在一起，心情会很愉快，好像没做什么事，就到下班时间了。不过今天牵挂着怎么招待婆婆的大事，毓凤头顶的乌云总是散不去。

不管怎样，菜还是要买好一点，不能让她挑刺。大概相处得不好的婆媳，都有这样的心理。对方就是心里的一根针，越挣扎就扎得越深，让人痛不欲生，但彻底忽视又不可能，时不时抽搐两下提醒你她的存在，只能笑脸相迎——男人一脸欣慰，妈和老婆相处多和谐。毓凤在小区门口碰见小媛。"你在这？""我相亲的人住这一带，好巧。"小媛甜甜地笑着。

到了家，婆婆早已躺在毓凤的主卧看电视了，当初的钥匙也没拿回来，估计也拿不到。毓凤叹了一口气，去厨房，眼不见为净，可老太太没那么简单放过她："人老了，不中用了，媳妇看不上，接都不接一下。""您不是说中午才到吗？我上班又请不到假。""有心请假会很难吗？"我还真不想你来，你会不来？念吧念吧，我听不见，毓凤默默吐槽。吃饭时，婆婆又有话说了："菜还是这么难吃，鹏儿真可怜。"毓凤只能当没听见。吃完饭，婆婆又去毓凤床上躺着了，老小老小，越老越小孩子气，别人家的糖总是更甜，年轻人的东西就是更好。当初毓凤知道要和她住一起，床买了同款的两张，房间由她先挑，床上用品都是同一品牌、一个价钱，就怕老人认为儿媳妇偏私。没想到，老人硬要睡在他们床上。大夏天的中午，谁不想歇歇脚？于是，毓凤把另一张小床也铺上了睡午觉。没想到，老太太哭天抹泪向儿子告状："难道做娘的睡一下儿子的床都不行了，嫌弃老人，天打五雷轰啊！"老太太牢牢记着并高声提醒儿子她对这个家的贡献——没有她的含辛茹苦，哪来这个聪明有出息的儿子，儿媳应该感激她天大的恩惠。当初分开时，丈夫也偷偷松了一口气，享受了不再听唠叨的福利。但终归他们母子才是一家人，不好的全是媳妇，挑拨得他们关系不睦了，千错万错都是一个坏女人的错。毓凤关上房门也很委屈，希望这一次不是长期抗战。每次吃饭时，婆婆总会得意地讲故事：某某人家儿媳是如何凶婆婆的，儿子是如何帮媳妇的，后来有事了媳妇跑了，还是老娘收拾残局；又是某某媳妇好吃懒做，被舆论指责不孝。老公附和："我晓得嘞，娘只有一个。"毓凤觉得自己还能若无其事地吃下饭，真是抗压能力强。

毓凤在家里越来越寡言了，看什么都好像在看戏，不发表意见也不参与，脑子越来越迟钝，刚刚发生的事转眼就忘，恍惚得厉害。看别人夫妻恩爱会看呆，下毛毛雨也让她伤感，混一天日子是一天。王姐盯着她，很肯定地说："你有心事。""我有什么心事？"毓凤弱弱地反问。王姐竟然没有追根究底，拍拍她的肩膀走了，这让人不知是松一口气还是怅然若失。

（五）

老公终于出差回来了，就像久旱的大地下了一场骤雨，莫名地清爽了许多。不用和婆婆针尖对麦芒，多少让人松了一口气；中间多了一个缓冲地带，晚上有事也可以倾诉，不会窒息。夫妻一体，我难受你也要分一半。

这天晚餐桌上，毓凤和老公商量快放假了去接女儿，婆婆竟然接上了话："是呀，要回来看看，都不和我亲了。家里太冷清了，你也是，朋友都没吗？多叫点同事来家里玩嘛。"毓凤吃惊地望着婆婆，太阳从西边出来了，她不是一向防着我吗？生怕我把钱搬回娘家；又有点洁癖特别爱干净，每次家里来人后，打扫卫生忙得唯恐忘记蚂蚁洞。管她呢？善意就接着，天上掉下馅饼都接不住的人肯定吃不饱。第二天毓凤就把几个女同事叫家里吃饭，也是和同事拉近距离、处好关系的第一步。

王姐和小媛都来了，老天保佑，婆婆一直笑眯眯的，还说要去厨房帮忙，给毓凤留足了面子。吃饭的时候，她还一筷子一筷子地给小媛夹菜，其乐融融。大家都说毓凤有福气，有这样好的婆婆照顾。小媛也一口一个阿姨叫得甜，让婆婆欢喜地拉着小手说："这样乖巧的女孩，一定要给你介绍个好对象。"大家哄堂大笑，气氛真的很不错。毓凤希望这一刻的快乐持久些，相约同事再来做客。

婆婆好像真的变了，说话不再带刺，也给小媛介绍了对象。毓凤已经几次看见小媛从小区里出来，毓凤问了几次："是哪栋的小伙呀？"小媛支支吾吾没有说，全没有往日的爽利。婆婆见了劝道："还没成功，不想大家知道也是正常的，女孩子矜持一点不是坏事。"看见婆婆和小媛一天天亲如母女，毓凤常感觉自己出现了幻觉。最喜欢热闹的王姐竟然不爱说八卦了，总是看着毓凤叹一口气欲言又止。

那个闷热的午后，毓凤怎么也提不起精神，忘带了办公室的钥匙又回家寻找。一路灼热的太阳，照得大地好像变了形，热气淌成道道银河，亮得刺眼，把天地隔成几个异度空间。穿行其中，恍如赤脚踩在荆棘上。打开门，丈夫愕然地回头，他一手搂着小媛的肩膀，脸上喜悦的笑容还没有完全消失，惊慌地张大了嘴，显得很是滑稽。毓凤以为自己走错了房子，机械地往后退，小媛的一声"李姐"打破了她的茫然。没有焦距的双眼定睛凝视，意外地看得很清楚。曾经多次和朋友闲谈，谈论过"如果丈夫出轨怎么办？"一类的话题，毓凤以为自己会激动到大哭大闹，临了却无比平静，接受了这个现实。她等着丈夫能给她一个什么合理的回答。

"啊……啊……"丈夫张了几次嘴，终究没能解释清楚。婆婆看不下去儿子的窘境，笑着来解围："只是个玩笑，你这么贤惠，肯定不会误会的。"误会？毓凤觉得自己没有什么时候比现在清醒，她想看看人还可以狡辩到什么程度，冷冷地不说一句话，似笑非笑地审视着对面的几个人。也许是她居高临下的态度刺激了婆婆，婆婆突然大声叫了起来："又不是什么大不了的事，一点小错不要死抓着不放，你就是这个得理不饶人的毛病不好。"她拉着不知所措的丈夫往外边走边嘟囔："我们去吃饭，断了我家的香火还硬气得很。"毓凤眼睁睁地看着这一家人，找不出力气来阻拦，也不知道自己是怎么走出来的。走到了小河沿，听那哗哗的水声，转瞬即逝，一切成空，什么都是虚无。旁边隐隐约约有人和她打招呼，她也无意识地走了。

（六）

"都是我的错……"铃声响起，一个陌生的号码，是谁惊醒了我的梦？"喂？""是我，陈然，你还记得我吗？"电话那头传来遥远的一声问候。毓凤终于回了神，静默了许久，他怎么知道我的电话？难道他关注过我？可能说什么呢？又有什么好说的，早已是两个世界的人，两条不可能相交的平行线。"今天看见你了，好像身体不太舒服，你还好吗？如果方便的话，今天见个面好吗？老地方、老时间见。"

原来恍惚中碰见的一群人中有他？自己狼狈的样子都被看去了，真是丢脸。在他面前，自己永远是可怜无助的那一个。他会怎么想？老地方、老时间见？傍晚小河沿那段水草丰茂的浅滩，他会和我说什么？我应该去吗？"去吧，"一个声音叫道，"也许他能让你的人生看到一丝光亮。""别去，难道你还在幻想什么吗？"另一个声音高叫着。躲在自己画的牢笼里这么久也该累了，什么都不要去想了，放下吧，你只不过是去见老同学而已。再进一步说，也只是脆弱的初恋，在梦一般的年纪不成熟的情感萌芽，老早枯萎了，不会有什么严重的后果。再差还能比现在更糟糕吗？

毓凤蹲在长满芦苇的小河沿悄悄地画了五十个圈，他怎么还没有来？景色依旧，还是熟悉的模样，那为什么心里隐隐不安呢？还能像从前一样坦然吗？夜色有点点微弱的星光，还有那不懂事的芦苇一遍遍地撩拨，芦花钻进脖颈里，痒得人直想打喷嚏。不行，要忍住，不能让这不和谐的声音打破静谧的美好。

他终于来了，解释说："没办法，好多年没回来了，和朋友一起吃饭，应酬完了才有机会出来。"只是平淡的叙述，可毓凤感觉到的是一种志得意满的炫耀。也许是自己太卑微了，无意间充当了那苦情的角色。哪怕他什么也不说，自己也不会责怪他的，只是想静静地看他一眼，问他一句："这些年你好吗？"因为时光的转变，人变得敏感，终归是自己太心虚——第一次瞒着丈夫和别的男人见面，又在这暧昧的环境里。

"你现在准备在哪里落脚？""我准备在省城办公司，你想去吗？"他突然问道。去省城？去做什么呢？自己什么都不懂，让别人养吗？他到底什么意思？他知道自己在做什么吗？一刹那恒河沙数，有许多话想问出口，却没来得及。"我刚起步，等我站稳脚跟就把你接过去。"他急急地说，好似辩解。"我说什么了吗？没要求你做什么，你不必为难成这个样子。"毓凤的脸"唰"地失去了颜色，他到底把我想成了那种可以用感情换利益的人了。天啊，自己从没有这个意识，连想一下都觉得亵渎。如果自己是那样不择手段的人，那还值得爱吗？果真是相见不如怀念，曾经的美好已烟消云散，再翻开过去的一页，只是徒添悲凉而已。毓凤蓦地想起不知在哪本杂志上看过的一首诗：

年少的时候

恨不得把心捧到你面前

只为你垂怜

月亮钗

51

风霜一日日侵蚀

你视而不见

直到结出了一个厚厚的茧

转身想找回最初的爱恋

沉重得睁不开眼

无奈地看见

江面上已千帆走远

那时候还觉得写情诗的人真是会无病呻吟，现在却真真地揭开了自己的伤口。

（七）

毓凤不知道自己是用什么样的毅力支撑下来的。她照常去单位上班，听到有趣的八卦照样微笑，看见不愿看见的人昂头走过，只是眼底有一股浓得化不开的忧伤。她害怕一个人安静地待着，那会将更深的寂寞刺进心底，如同冰雨般寒冷。夜深人静的时候，毓凤也会思考：到底为什么自己会遭遇这些？如果说第一段感情是因为年少怯懦而失去，是因为自己不够努力、不够好，那现在自己对丈夫总算是尽心尽力，为何还是换来这般结局？追根究底，是因为自己没有底气，把一切都寄托在男人身上，相信他、依靠他。她觉得自己像园丁一样，费尽心力把男人这棵树苗周边的荆棘清除干净，让他吸足养分，长成一棵高大的树，还来不及享受成功的喜悦，又眼睁睁看着伐木人（另一个女人）把他挖走。这样的人生是不是太悲剧了？

有些宿命不是你装作看不见它就不存在的。年终总结，本科室排在前列，大家一起吃饭庆祝。从不开口的"闷葫芦"喋喋不休地诉说当年的辉煌；"评论家"也收敛了锋芒，憨态可掬地夸起人来；王姐到处劝酒，成了一只真正飞舞的蝴蝶：大家都很快乐。毓凤也在小口小口地啜着一杯红酒。小媛过来了，她端起酒杯，要敬酒。毓凤冷笑了一声："我的酒杯里盛满了悲伤，怎么喝得下？你会喝下这种酒吗？"她转过头认真地问王姐，连一个厌恶的眼神都不想丢给小媛。

"我表姐不结婚了！"小媛突然盯着她，咬牙切齿地说道。毓凤给她一个后脑勺，意思很明白：关我什么事？我没兴趣。"听说是一个已经成家的女人勾引了我姐夫，装可怜想重拾旧情。你有没有兴趣知道，这个女人是谁？"

"只有一天到晚想着破坏别人家庭的人才会把别人想得和自己一样肮脏！"

"不喝这杯酒，你会后悔的！"

"我从不站在垃圾边上。"毓凤头也不回地走了，有节奏的脚步在湿答答的地砖上踩出了一个高傲的图腾。

毓凤回到家，发现丈夫正在翻箱倒柜找着什么，房间里一片狼藉。遭贼了吗？毓凤刚浮起这个念头，丈夫扭头看见了她，像发疯的公牛气势汹汹地冲了过来。"说！陈然送你的钗子在哪？你们到哪一步了，还贼喊捉贼，你这个不要脸的！""什么钗子？你从哪儿喝多了，回来发酒疯？"瞪大了红眼，咻咻地喘着粗气的丈夫让人很是陌生。他在怀疑我吗？是急切地想找我的污点，还是小媛的一个电话就可以控制他的情绪，让他找我出气？后一个可能更让人无法容忍。毓凤已不惮用最大的恶意去揣测这个世界。

"家里所有能称得上钗子的只有这个月亮钗，在我头上，给你！"毓凤一把扯下，摔在地上。

"这不是我给你买的……"钗子断了，细小的珍珠散落一地，滴溜溜地滚动。丈夫手忙脚乱,想把它们拢在一起,珍珠却总是从指缝间溜走。

"我要离婚!"毓凤冷冷地说,任肆意披散的长发遮住流泪的眼。

"不是,我只是以为……阿凤,你别走,我知道错了,我太重视你才会这样。我和小媛真的没有什么感情,我只是一时想岔了,想再有一个孩子,你不肯生,我妈又想要一个孙子。"只是孩子的问题吗?看来他还没有深刻认识到自己的错误。两颗互相猜忌的心还能融在一起吗?毓凤拖着行李箱走出了很远。

(八)

聚会后,善解人意的王姐邀请毓凤去参加一次远足,去一个不知名的山里探险。听说那里风景极好,还没有过度开发,某旅游网站正在考察。能多流汗的时候,就不必多流泪。毓凤收拾好行李,和队友一起出发了。那确实是一块处女地,在百米外,车子就不通行了。远远望去,雨后初晴的山谷,云雾蒸腾,仿佛有仙人凌虚御风。领队介绍说,山那边是另一个省,一山跨两省,天气截然不同。爬上山顶,就能欣赏两省奇特的风景。毓凤看着那弯曲的小道,问:"山那边真的有风景吗?在山脚下是一点也感觉不到特别,和其他的山一样啊。"队友老何说:"你看到这条小路了吗?有路的地方就有风景。你自己走了才明白,别人介绍再多都是虚的。"那能不能在有风景的地方都走出一条自己的路呢?毓凤若有所思。

毓凤拿起了电话,拨通主任的手机:"李主任,这次单位有个出去学习的名额,我报名可以吗?""可以,你以前为了照顾家里不是不愿出远门吗?这次业务培训挺累的,为期一年,你家里能同意吗?""会同意的,我想充实一下自己,眼睛不再只围着男人和孩子转,我不能落伍,您说是吗?""你想通了就好,想当初你可是岗位能手啊,后来……

大家都是女人，看你这样我都心疼，期待你重新焕发光彩。"

是啊，爱自己，别人才会爱你。你低如尘埃，他看到的只是你的卑微；放下包袱，轻装上路，你才有破茧成蝶的重生。传说中，神鸟凤凰也要浴火重生，能经受住极致的痛苦，才有极致的美丽。

不能再用别人的错误惩罚自己了，束缚的牢笼只会让曾经相爱的两人厮杀得血淋淋，一切终归要平静下来。回到那个熟悉又陌生的家，毓凤告诉了丈夫她的决定。"离婚，开什么玩笑？你还有完没完啦？还是真的想找另一个？""我是什么人你不清楚吗？一个火坑都没跳出来就想着到另一个坑去？"

"那倒是，如果你平时能对我多撒撒娇，我不会去寻找刺激。我一直以为，你是不爱我的，对我所有的表现都不放在眼里。你知道吗？你有时多冷淡，把自己包成一个厚厚的茧，我都觉得自己在这个家里是多余的。"丈夫自嘲地笑笑，点燃了一支香烟，丝丝的微光忽明忽灭。毓凤不由得想起农村元宵节玩的火龙游戏：几个小孩每人扔一张纸进灶膛，随你弄个什么形状，借着炉火的烟灰慢慢燃成明火，有的像一阵风烧完了，有的会烧很久，形成奇异的图案，时间越久越美丽，也预示着你家来年家运兴旺。毓凤总是把写满字的作业本撕下来，不厌其烦地搓成长条，又抹平，又搓卷，火苗像小蚂蚁搬家一样接力，搬走一个大件要拆成许多零件，自己原来就是这么拧巴的人啊！

"这件事你考虑清楚了吗？孩子怎么办？""你的意见呢？""我来抚养吧，我的条件毕竟要好一些，可以给她更好的生活。你随时可以来看她，还有这事一下子不要告诉她，我怕她接受不了，现在是学习的关键时期。如果我们真的离了，我也向你保证，不会去找小媛，那真是我昏了头。"静默了许久。"我要出去学习了。女儿请你多照顾。""啊……

那我们可不可以等你学习回来再谈这个问题。""我学习一年，在省城不回来。""啊？不可以换人吗？那……我每个星期带女儿去看你。""一年时间你等得了吗？""等得了，学习是好事啊，我等你回来。正好让我们思考一下自身的不足，回来后再看结局。""那我收拾收拾东西，下星期准备出去，这两天就不回来了。"

不是结局的尾声。

办公楼下的转角处，丈夫讨好地笑："下班啦，告诉你一个好消息，从明年起，单独夫妻也可以生二孩了。"不管怎样，我要出去学习充实自己，毓凤想着，打定了主意。丈夫再次在毓凤的目光中败下阵来，眼巴巴地望着毓凤。"那我俩？"他试探着问。"等我回来再说，这一年，是我们彼此的考察期。"

"我一定顺利通过考察期，你看我的表现！"丈夫眼里突然亮了起来，像孩子一样表起了决心。道旁的玉兰树开花了，一朵一朵漂亮极了。

只想和你说说话

（一）

当天上的云朵有了多种色彩的变幻，新的一天又开始了。

像往常熟悉的每一天一样，佳佳开着车，经过二八路的拐角，再往前走快速通道，右转弯，穿过一个隧道，掠过星星点点绿树掩映下的两个白墙黛瓦小村庄，等一个红绿灯，目的地就在眼前。这段路程，已经是连接家和工作地的最近距离了，虽然她没有停下车来细细察看，可拐几个弯到某个村庄像标尺一样明晰。

原来还有一条老省道，是水泥路，走的人太多，路就容易坏。佳佳一年走不了老省道几次，可总是碰上修路，所以总要盘算怎样以最快的时间安全通过，怎样在后车没有俯冲过来之前躲避"亲密接触"。开车是一件极其考验耐心和胆量的事，一个坑接一个坑，下雨时黄泥水一片，你永远不知道哪里有坑；日头毒辣的时候，前面大车一过，扬起的尘土像沙漠里躲不开的风暴，把你笼罩得严严实实，窗子是不能开的，速度只能慢一点，再慢一点。你是风儿我是沙的缠绵在夏日里给人平添了许多焦躁，就像你明明不喜欢某人，如果对方表白一次被拒后离你远远的，偶尔想起来还有甜蜜的瞬间记忆；可若对方痴心一片，黏糊糊，你走到哪跟到哪，这种体验就只让人感到酸涩。老省道堵半个小时很正常，有一回过节听说堵到了半夜——一辆车想超车却掉进坑洞，底盘受损，怎么也出不来，救援车挤不进去，大家集体在路上和别人的亲人"团聚"。

四十分钟的路程一般要预留更多的时间，如果有急事，例如赶火车什么的，还是坐出租车更保险，虽然也会颠簸得像海浪起伏，但至少精神不用高度紧张。若说出一趟远门像过节，那么每天开车就是受罪，要不了半个月你就会像路两边的树苗一样，树叶耷拉着没有好颜色。久而久之，你就会越来越宅，不愿出去交际。

当新路被开辟出来时，朋友打趣说，这条路是为你而建的。确实，佳佳心里也曾这么想过，躲在一个壳子里久了，没有外界的推动，是没有勇气打破那个藩篱迎接新的挑战的。该往哪儿走？去向何方？新路的修成至少是一个重要的砝码，让原本摇晃的天平停止了晃动。换一种方式，换一种生活，换一种色彩。听说因为新路的修成，那条老路也改造了一下，环境更好了。一次下班，佳佳特意绕过来，发现有一户人家的桃树开花了，粉嫩嫩的，撕开了春天的帷幕。

二八路原本不叫这个名字，在导航地图上你也搜不到，是佳佳自己的创意。二，谐音爱，代表鲜活的景象；八，意味着更多的秘境等待去探索。弯曲的大道上延伸出许多通往小村庄的路，驶过几百米，就可以望见水田、农人和阡陌交通的出口，短暂地停留一下，一股鲜活气息扑面来。

向阳而开，向死而生。年少时佳佳很害怕碰见"老"人，也许是泪点低，见一点悲情的事，明明不想哭，眼泪还是不由自主地往下流。身边不乏胆大的好事者，他们绘声绘色谈论奇闻逸事，更增添神秘色彩，不管你想不想知道，顺风溜进耳。佳佳从不敢去看热闹，尤其害怕在意外灾祸中去世的人，总觉得一种不祥的气息盘旋在天空，看一眼晚上就会做噩梦。

单位一个新来的大学生听说请了长期病假，要去省城治疗了。"为什么呢？"佳佳问。"听说恋爱失败了寻死。"李姐惋惜地回答，"年纪轻轻就想不开。不过也难怪，原本失恋并不可怕，但两人都谈婚论嫁了突然掰了，婚房都买了，现在还有经济纠纷。"呀，很阳光的一个人啊！整天都笑嘻嘻的，没想到，笑脸背后有你不知道的悲喜，希望他尽快好起来。最近几年，曾经熟悉的人一个个悄悄离开了，朋友、同事、亲人……整理老相册，暗淡的不只是容颜，还有默默消逝的云烟。

新路靠近村庄，多而细的岔道口像一根根脉络，不动声色地探进神经末梢，一不小心你就从旁观者成了演绎悲欢离合的主角。清晨常与各类"送行"的人擦肩而过，卷起拐道口一大片红色的鞭炮碎屑，重新扬起弥漫的硝烟。如果不幸碰上长队伍，又有未亡人瘫倒哭泣，空气仿佛凝结成块的黑影，令人透不过气来。最怕深夜加班的归途，路灯过了十点已经歇息，只留下路旁袅袅的烛火和灰色的烟，寂静无声逼得你不得不联想曾经发生的事情，或转移注意力去想一件其他事。没做亏心事，也怕鬼敲门。

（二）

现在流行"重要的事情说三遍"。其实再说几遍也一样，该记住的总会记住，能做到的大家都会做。强调预防某件事，避不了的仍然会发生，比如失眠或暂时的失语。

明明已经困得头晕，但躺在床上就是睡不着，原因有神经衰弱，更多的是焦虑不安，总担心有事情没有考虑周到，直到累到极致才能睡一会儿。数羊不见效，精油香薰徒费钱财，去美容店好像有一丝效果，但回家就失去了"魔法"。现在越来越多的人睡不着，以前佳佳听说中老年人失眠觉得不可思议，还为他人"开药方"，劝他人要想得开，要多

只想和你说说话

看喜剧、多运动，不要在乎一些外在的名和利。但有些事，不是你想不在乎就能不在乎的。谁又愿意生病呢？发生在自己身上才知道其中的滋味。

有人说，一件事重复几遍肯定会加深印象。恋爱中一个人老是无意识地写另一个人的名字，那肯定是爱得比较深的缘故。所以佳佳佩服写人物传记的人，当一个人的名字在心中被默念了千百遍，还有充分的事实证明这个人的好，不爱也会有爱的假象了。倘若再朝夕相处一段时间——日久生情这个词是有来由的。一篇好文章如果没有深情，那只能算一篇官样文章，浮于表面，左看右看，左右为难。失眠也许就是这样蔓延的，见得太多，劝慰别人太多，知晓太多别人的秘密，就像云朵承载不了过多的水汽，急切地想降下雨。

第一次失眠是因为什么呢？佳佳茫然地想。突然失去了目标，不知道该做些什么，不敢去考虑未来，其实也是另一种失望。当初小镇医生吞吞吐吐地建议去大城市检查一下。然后，佳佳带他去了市区，最后在上海确诊，至今也有十几年了。最初她还是抱着希望的，相信现代科技的发达。他们辗转奔波于北上广，不管西医、中医，稍微有名一点的医院都去拜访过，也因此见识了各大城市璀璨的夜晚，虽然没有一盏灯光属于自己。

老人都说，在病人面前是不能出现哀容的。佳佳也懂，陪伴的人有笑脸，才会更好地感染身边人，使其乐观。勇气是抗击病魔的良药。佳佳学会了报喜不报忧，每天找趣事、乐事在家中闲谈，像喜剧演员一样抖包袱，把欢乐的一面都奉献。她努力上班挣足够多的药费，一点一点进行家里资金的统筹。佳佳爱写点读书笔记，拿起笔却莫名其妙地没有了以往明快的色彩，像蒙上了一层阴影，涩涩地等待暴风雨的到来。

终于熬过了最危险的时刻，一位同乡的老中医偷偷地安慰她："不怕，目前情况稳定了，好好保养护理就不会有生命危险，最坏的结果也就是现在这样了。你要注意不要让他脏器衰竭，有多少人生病一下就走了，你应该庆幸。"是啊，足够庆幸。虽然这种病被称为"不死的癌症"，但一切都要向前看——只看前面两个字就好。这种特殊病例虽不在保险范围内，但家里工薪阶层多、负担小，保守治疗的话，勤俭节约还能勉强支撑，不必四处"化缘"，把血淋淋的伤口撕开给众人看。庆幸的是，他毕业后进了个好单位，虽然政治生命戛然而止，但同事领导特别照顾，给他换了轻松的岗位。习惯了一个人的存在，不能想象突然分别的悲伤，其他的磕磕碰碰像是回放的电影胶带，一卷无踪迹了。

一大把一大把的西药快速地掉入了无底的深渊，一包又一包中药的味道充斥着房间的每一个角落，呼吸中也弥漫着奇异的药香。一年又一年，毫无好转的迹象，反而因为年岁见长，担忧更多。这种东西不能吃，要忌口；那个生活方式对身体无益处，要改。他也从积极复健到渐渐疲惫，不再抱什么幻想，过一天算一天。发病时，头上青筋凸起，身体缩成一团，他还微笑着说不疼。因为免疫力低下，一点小问题都需住院十天半个月。他走不了远路，出不了门，因此，朋友也越来越少，一天下来说话没有几句。佳佳还好，有正常的工作交际，在忙忙碌碌中证明自己还活着。

他在书房里待的时间越来越长，越来越晚回到房间，能抓住一秒是一秒，做自己想做的。他常常流露出对正常运动的向往，嘴里却假装不在意地说：能轻松地过一天算一天，已经很好了。佳佳很想和他说说话，却尴尬地发现两人早已陷入无话可说的地步。说到隐痛处，怕惹他不高兴，只能闭口不言；如果走开，又好像在嫌弃他——也许他会这么认为。

只想和你说说话

拦在路口的尘埃就像河道里淤积的泥沙，一层层堆积，天长地久，形成了一座座隆起的沙丘，挡住了各自的视线。听到寂静的夜里，他艰难地裹上被子的沙沙响，佳佳只能侧着身子当作什么都不知道。也许他也不想佳佳什么都知道，两个最冷静的身边人小心翼翼地互相体贴着，各自心酸。

（三）

生活就是一团乱麻，你根本不知道什么时候、哪个地方冒出一根线，就绊了你一跤。明明有密集恐惧症，却不得不硬着头皮在一堆黑点里找出可能缓解病痛的小药丸。同办公室的李姐常常笑着说：你以为自己只要够坚强、够努力就能扛过一切，那是你太年轻，受打击还不够。

因为文笔不错，在当地小有名气，佳佳被抽调去筹备某个大型会议，在中心组写材料，同时密切协调配合其他各个工作组。这是个比较锻炼人的岗位，经过最初的磨合，经历九九八十一难，佳佳渐渐走上正轨。借调一年，佳佳加班超过一百八十天。尤其是临近年关，会议即将举办，她吃住在办公室，凌晨回家瞄一眼又匆匆赶回来，披星戴月见证并参与了这件举县欢腾的大事。虽然瘦了十斤，但佳佳心情是愉悦的、欢喜的，人生难得几回搏，能为家乡的发展出一点力是自己的荣幸。喜悦的年节还未过完，朋友就隐晦地提醒佳佳，由于换届选举、机构整合，不是本单位的有编制的人员要清除，要为自己想想出路了。那一刻，佳佳是茫然的，自己为什么有幸享受了"临时工"的待遇呢？正式文件抽调，工资绩效减少三分之一，自带干粮尽心尽力、劳碌奔波，态度和业绩得到肯定，也受到了表彰，主任也为留下她而努力，可是最终的一切像保险合同里不太受关注的那条——遇上不可抗力也是不算数的。

想起同一批人那躲闪警惕的目光，差距是比较出来的。没有名正言顺的名头，你什么都不是。平台是单位给你的，是各位师长提供给你的，更是你自己要努力去维护的。离开各级平台，你什么都不是。其实佳佳自己一直很清楚，也一直告诫自己，要不骄不躁，可人总会有点渴望，渴望努力会被看见。当付出和收入不成正比，当赤裸裸的事实告诉你你还不够格，从开会的座位到学习培训的机会，一些隐形的无视、一次次打击告诉你，名分是多么重要的东西，它不光存在于婚姻中，也同样存在于工作中。哪怕你没有什么野心，并不向往什么令人惊羡的高位，可是那被排斥的滋味会让你觉得很孤单。她突然一下子理解了那些不停步的人，熬不过去就是寒冬，雨天很冷，晴天也冷。

那天晚上凝视窗外沉沉的夜，看着镜子里难过得双眼红肿的自己，佳佳明白自己的力量太渺小了，再多的悲伤愤懑也无济于事。

打开手机，却不知道和谁打电话，几百上千个电话号码，甚至有一些名字已经印象模糊，根本记不清是谁。

打给谁呢？白天忙碌到没有时间聊一聊，在夜深人静的时候，突然一阵电话铃声穿透昏暗的光线，可疲累的人并不想听到女人更多悲伤的故事，有谁的生活容易呢？没有谁的工作不辛苦。细细探究，显微镜下，每一个光鲜亮丽的表面都有坑坑洼洼的小孔。每个人都在苦苦扮演自己的角色，实在不想也不愿盛下更多别人的苦涩。

如果是女人接了，会觉得你是无病呻吟、矫情，他人没有义务背负你沉重的包袱；如果是男人接了，就更麻烦了，他们会猜测你是不是有什么企图，会不会想搞什么暧昧。人与人之间也没有搭一座桥，能够通往对方的心底瞧一瞧。对方看不见你脸上的表情，听不懂你欲言又止的话，等你鼓起勇气开个头却又索然无味了。也许你还未说完，他已长长地打个呵欠，"嗯哪嗯哪"应付你了。对着空气说心里话，需要多么强大的自信！可以用几千几万个文字记录下身边发生的一切，可以拥有很多微信好友，最终却发现找不到一个可以倾诉的对象。

佳佳不敢杀生，但有食物在前却不能忍住不吃。开车途中她会避让马路上的羊群，但在餐馆里也不会违心地说不爱羊肉。其实很多时候人总是在彷徨，犹豫不决，好像什么都想要，又什么都可以不要，真是矛盾极了。坚强得久了，佳佳也以为自己如钢铁城墙一般是坚不可摧的。

朋友英子打电话过来求助："佳佳，我快烦死了，你能帮我去劝劝我的宝贝安琪吗？她以第一名的成绩考上了公费师范生，却突然不想去读了。为了她，我们家在城里买了房，所有人都没有落户，户口一直留在老家，忍受种种不方便。我们费那么大劲儿，不都是为了她，想让她有个更好的出路嘛。读完书就有工作了，当老师不好吗？花了这么多时间与精力，刚开始她也答应了，现在竟然不去了！我还要找人拿回档案，麻烦得不得了。如果留下什么不好的记录，以后影响就大了。你帮我说说她，看看有没有用。"

可怜天下父母心，父母尽力想为儿女创造一切好条件，铺上一条金光坦途，清除掉路上的石头、沙子。好吧，和小姑娘谈谈心。佳佳和几位朋友一起谈心，小姑娘一直低头默不作声。临走时，她抬眼直视佳佳，平静地问："要想当老师，我以后考上大学还可以考。但如果我现在去读了，今后的路就只有这一条了。如果是你，你希望自己的人生这么平淡吗？"注视着安琪坦诚的双眼，佳佳沉默了。每个人都有选择过自己想要生活的权利，哪怕打着为她好的名义也不能主宰她的人生，何况起点在很大程度上会决定你今后的高度。父母亲想象的舒适对她来说反而是厌恶的，她选择的更难走的那条，也许才是更适合她、更顺畅的路。

偶然打开电视，看剧中人物的爱情，佳佳有时候想，默默地付出傻吗？哪怕得不到回报，可这应该也是青春的一种象征吧，肆无忌惮地去做自己渴求的事，失败了固然遗憾，不去做才会后悔一辈子吧。当年龄越来越大，经历的事情越来越多，可以想出很多所谓得到爱情或浪漫的方法，真心却少得可怜。看得太透，心不再轻易地悸动，快乐也就少了很多。

尼采说：一个人知道自己为什么而活，他就能忍受任何一种生活。真的下定了决心，这个世界没有什么是不可取代的。

此后，佳佳回到了原点，沉淀了下来，婉拒了其他单位递来的橄榄枝，她不想因为同样的原因再踏进同一条河流，一块原石需要足够的时间才能现出光彩。苏轼在《海棠》一诗中写道："只恐夜深花睡去，故烧高烛照红妆。"为了赏花，大词人有闲情雅致，而佳佳是"只恐夜深空睡去，故垂红泪照明堂"，成了名副其实的拼命女郎。为了让自己变得更好，她读书学习、料理家务，好像有用不完的力气，累到极致才休息。两个相隔千年的人物，突然有了共同点：执拗得不肯睡去。

（四）

一盏灯努力绽放光明，你却不知道她内心有多焦灼。

一位老同事来办事，顺便看佳佳，笑着打趣："你几进城了？""几进"这个词通常让人联想到不好的事情上去。"进宫"现多指被公安机关拘留或监禁，"几进"的人经常被认为已经不可救药了。受《陈奂生上城》这部文学作品的影响，"进城"一词现多用于调侃某人土老帽儿。佳佳知道这位同事的性格，一瞬间也有点生气，心想你到底是来看我的还是来笑我的？她不知如何接话，遂顾左右而言他，好不容易岔过去。是的，几年后，佳佳走上了老路，又借调来做办事员了。她的屡教不改、固执、天真就像刻在骨子里一样，学不乖。朋友们纷纷劝道："在一个地方待着不好吗？老资格，有点地位，熟门熟路也好做。你又不是不喜欢那个职业，又不是不能胜任，受人尊敬又有成绩。你偏偏要去一个新行当里从零开始，不累吗？"

一位大姐见了她，叹息："你怎么又这样跑来跑去，多辛苦了啊！"

"是啊，容易的事情怎么可能轮得到我。人生就在于折腾，我喜欢折腾。"她笑着跑进了风雨里。

打开电视，观看自己从不关心的足球赛。佳佳并不是一个真正的球迷，只是耳边听多了他为一支坚持到最后的弱队愤愤不平的沮丧，于是凌晨三点特意守在电视机旁，等待观看他们和一个老牌强队的生死决战。平心而论，那支弱队整场的表现真的很出色。大家都知道，老牌强队球星云集，但放眼望去，场上积极跑动的都是弱队球员。他们花几倍的体力严防死守，满场团结协作，让对方越不过他们筑起的铜墙铁壁，并在伤停补时阶段顽强地扳平了比分。加时赛再加点球大战，两队终于分出了胜负。防守战术被人戏谑为"龟缩"，当自己不被人看好时，要有信心，找对方法，才有可能出现奇迹。

佳佳喜欢这样的生活吗？也许吧。一开始，她用忙碌证明自己存在的价值，渐渐地，忙成了一种习惯、一种力量，变成了眼里闪烁的光，变成了足以应付琐碎、繁杂事务的微笑，直到地久天长。

以前的他是多么开朗啊，爱好运动，会爽朗地笑。两个人齐心协力，什么事都会有办法。每次单位外派人员参加各类运动会，他都是主力，佳佳则穿着超短裙当啦啦队。他还备战过省运动会，在球场上挥洒汗水，就像会发光发热的星球。她感觉运动使自己更年轻，不但身形挺拔了许多，而且不必担心长肉的问题，吃再多的食物，也有办法消耗掉。那时的他像一个纯真的大孩子，总是给她最好的。收入低，他偷偷缩减自己的开支为她买水果；口袋里只剩十元钱，他也会毫不犹豫地买一条丝巾给她；他明明不爱甜食，但到哪都带一些巧克力糖果偷偷地藏在上衣口袋，有时候甚至焐得化开了不成样子，只因巧克力是她的最爱；他假期陪着她一起上班，给她做简单的茶饭，半夜三更又送她回家；出去参加活动没有车，两人手牵手在雨夜漫步一个小时；后来，他要追逐理想，出去脱产学习几年，她极力支持，拿出一个半月的工资给他充话费，给他寄家里的食物，那时，她学会了用心的、复杂的菜式，学会了用细绒毛线钩织花样繁复的毛衣毛裤和冬日家庭拖鞋；一元钱买一个烧饼，一人抢一口，两人笑得像傻子一样。那是像梦一样的时光，简单而纯粹，虽然短暂，但饱含满心的期待，余温尚存。

可是现在呢？佳佳想和他商量，怎么商量？完全不同的两个系统，没有交集，想帮忙也帮不上。何况，他的身体，你让他怎么帮，忍心让他烦恼吗？刚挑起话头，他幽幽地抛过来一句："你自己选择，你觉得哪个好就去哪。"更可怕的是，可能有了更多冷静的时间，他的思维发散能力愈发强大，总是能一针见血地指出你的伪装，让你哑口无言。世界哪能让你见到全部的温情呢？哪个女汉子不是由小女子转变来的？过时不候的酒馆对她打了烊，从此所有的困难自己扛。

玩沙盘模拟游戏、听音乐、打拳击发泄……太多熟悉的方式，每一个过程都已烂熟于心，只是他人看来极其有效的方法用在自己身上已失了疗效。

佳佳回顾了一下自己的学习工作经历，像一出荒诞的默剧。年少时因为成绩太突出，县里要求她必须读高中，但家境不允许。为了报名读免费师范，从学校到县里，她争取了不知道多少回，写申请、故意罢考、测试考差些、求人，中间的辛酸只有她自己清楚。后来参加了工作，她又像一叶浮萍，从一个乡村的池塘漂流到另一个乡村的小溪里，辗转四五地，甚至还去偏远的山区支教。她就像一块砖，随时可以搬运到需要的地方去。她在一线二十余年，满腔热忱，热爱着教育事业，用心对待每一位学生，一步步走来，踏踏实实做事，认认真真做人，没有什么是轻松获得的。别人唾手可得的东西，可她需要费尽全身力气。

（五）

佳佳每日在平凡的工作里挖空心思找亮点，脑袋空空如也。好不容易忙完一拨接一拨的各项任务，暂时歇口气，难得有个可以睡懒觉的周末，又被一对婆媳吵架破坏了。

这个小区是单位安置房，不少外地人在这儿扎下了根，很多外地婆婆和本地媳妇，生活环境不同，三观也不同。房子小，几代人挤在一起，牙齿和舌头碰撞多。

佳佳最初以为是楼上急性子的吴家婆婆在说话。吴家婆婆是个大嗓门，说话语速快，关心孙子像训人。后来一想不对，那家人已经搬去市区陪读了。后面那栋楼一向强势的媳妇今早却很低沉，只听见她婆婆一个人在咆哮，一个怕被波及的男人躲在楼下抽着烟，眼巴巴地等着战争停歇。

实在佩服那家媳妇的勇气，结婚几年他们家就没有安宁过，大家都以为他们迟早会劳燕分飞，就不会吵了，可是让人大跌眼镜的是，那家媳妇三年间生了两个娃。这三年给人的印象是她一直挺着大肚子和婆婆吵架，两个女人从没有停止争夺的脚步，都想拥有这个并不大的地盘的绝对话语权。佳佳不想听，于是起床买早点回来。从早上六点到九点半，两个女人的战争还未结束。前后几栋楼的住户的清梦被扰乱，大家不懂得那些复杂的语言，猜想她们中的某人前世一定是高音歌唱家。路人驻足，免费看了一出好戏，好奇那家的男人如何在夹缝中生存，某个写手的某个故事也因此有了很好的素材。生活永远给你惊喜，不管你想不想要。

可能是太沧桑了，佳佳真心讨厌那些言情小说，尤其是那种误会到惊天动地，仇深似海受尽磨难还能和好的大结局，为了圆满而圆满简直脱离现实。有伤痕，碰触就会痛，何况伤痕累累。他们只是不甘心吧，明明付出了那么多却没有结果。感情可以热烈，但太热烈了终将烧成灰烬。老了才懂得，平平淡淡才是真，每天能健健康康地活着，按时按点好好吃饭，安安稳稳地睡着，就是幸福。

不能安睡，也不能写字，那就做清洁、大扫除吧。家里没有东西可以洗，那就"断舍离"。佳佳什么都想扔掉，想扔掉垃圾，扔掉那些不喜欢的衣服，扔掉床，扔掉这个旧房子，甚至扔掉自己。她想买一个空荡荡的新房子，再一点点把它填满，所有东西都按自己的意愿购置，所有东西都属于自己。一瞬间百年也许很简单，慢慢到百年却很煎熬。

一辆车子载重越多，惯性越大，向前的速度就越快。

事实再一次教育佳佳：你所见到的别人岁月静好是因为有人负重前行，而你是没有人给你打伞的，最多算撑伞的那个——家里还有一堆老弱等你照料，所以任何事情自己都要付出比别人更多的努力，行走在荆棘丛中才有可能摘到花朵。

哪怕你比别人的材料再多、再真实，你还是不可以参加某某荣誉的评选。

佳佳给自己打气：没事！你是家里的顶梁柱，是司机、护工，上有老，下有小，天天都得精神自信、健健康康。要在无望的淤泥里拔出脚，工作机遇有时候哪怕就是一点微弱的光，也要全力以赴。

以前总觉自己还年轻，什么都还有机会，可以慢慢等，总有一天会轮到自己。可是，"慢慢"这个词实在是太长太长，让人看不到希望。有时候想一下到退休就好了。

尽力控制情绪的佳佳在接到老朋友问候电话的一刹那，眼泪"唰"地掉了下来。她怎么知道这件事的？她不是在忙另一件大事吗？老友只是抽空瞄一眼手机，就从朋友圈一点蛛丝马迹推测出了个大概。老友这敏锐度，真是让人感动又难过。每次自己狼狈的一面总是被关心自己的人看到，原谅自己是如此的软弱。

"风声都传到很远的地方去了吗？我没事儿，主要怪风儿中午打开一本短篇文集，不知不觉间流了眼泪，所以声音有点儿沙哑。"

那本书开头很轻松，像正常的鸡汤文有喜剧效果，接着讲了一个迷路的孩子寻找爱的故事。网络文学，文字不长，也不算煽情，很冷静地叙述，也没有下什么结论，可佳佳依然体会到了一种深深的绝望、悲怆在字里行间。外面一直在下雨，据说这雨要下半个月，滴滴答答没个停。佳佳的眼也因这潮湿的天气变得湿漉漉的。后面一个故事说的是那些留守儿童假期探望父母时，有的特别调皮，有的特别黏人，有的特别冷漠，总之不像个正常的孩子。佳佳曾下定决心不看悲剧类的东西，不管是文字还是影视剧，因为哭泣会让眼睛疼，而她的眼睛需要时时关注，不管是工作还是其他。

（六）

虽然世事看起来有点纷繁杂乱，但秋日的大地一片金黄。佳佳相信，只要努力，一定会到达幸福的彼岸。

中午，佳佳恍恍惚惚，放慢脚步走路回去，不像永远精力充沛的风风火火的自己。突然，一只小黄狗从脚边蹿了出去，令怕狗的佳佳呆立了一会儿。那只小黄狗像离弦的箭一样飞奔而去，毫不留恋被丢弃在身后的所有，包括受到惊吓的佳佳。

你是不是迷路了，是不是在害怕什么，惶惶如丧家之犬？你担心过、彷徨过、绝望过，除了家人，没有人真的理解你的委屈和悲伤。你好不容易练好的技能无人欣赏，吐舌头、摇尾巴主人就笑。现在你是不是想起了回家的路？一往无前的样子很美，至少你还有希望，可以为着目标而努力。祝福你，尽力向前奔跑吧，不到最后一刻谁知道呢？佳佳目送小黄狗很久很久。毕竟戏如人生，可人生却不能如戏般轻飘飘掠过。

这天，佳佳像疯了一样，想学电臀舞。也许是很多年前听过《不如跳舞》，也许是因为宝宝吃完饭唱了一句"大王叫我来巡山"，又哼了几句"宁静的夏天"的歌词。她羡慕宝宝总是很快乐，记得自己想记得的事情，可以做自己感兴趣的事。

宝宝刚吃完一大碗饭又吃了荸荠，接着吵着要吃苹果。那个苹果实在太大了，会撑坏肚子的。宝宝说切成四片，奶奶、爸爸、妈妈、宝宝一起吃。大家都摇头，分不完，不如明天吃。宝宝马上说，那她和妈妈一起吃，两个人分就可以分完了。一家人一下子笑了。奶奶说，一说起吃，宝宝就会找她妈妈分享，两个吃货。分两份比分四份更简单，多好。

佳佳打开手机，找完整的歌曲。最先找到小女孩唱的那版跟着唱，但她的声音犹如老式洗衣机轰隆隆作响。她只好躲进另一个房间，听男人那版。专辑封面上是一个爆炸头的男子，宝宝问佳佳："这个奇怪的人是谁？""他叫古灵精怪，是个小妖精。"佳佳随口胡诌。宝宝哈哈大笑起来，重复了一遍"小妖精"，大概是不能理解男的怎么会是妖精。平时佳佳总是说宝宝是可爱的妖精，妖精应该是女的、漂亮的、小巧的。不管了，佳佳跟着节奏狂扭做怪样子，扭了一会儿觉得动作实在太单调，又找到一个世界小姐选美的视频看了许久。除了手舞足蹈，她实在看不出自己哪有一点儿性感的样子。穿着宽松的睡袄，裹成笨拙的大熊猫，和想象中臀部像装了电动马达的尤物实在相去甚远。

现实与想象截然不同，好吧，接受自己的不完美。你不是那类人，让人流口水的事你办不到，你只适合做个呆呆的傻姑娘，安静地吹吹风。至于电臀舞，至少它让你开心了一晚，可能还瘦了二两。

人的头脑很奇怪，上一秒和下一秒想的可能是风马牛不相及的事，你想抛开的烦恼却总是不自觉地钻进脑海。

三年一次，机会多得很，你不可以让让吗？材料多？二十多年都没有评上，现在还争什么？那么计较？名利就那么重要？不重要。

谎言重复一千遍就成了真理。对于内心强大的人来说，一遍就够了，不管你信不信，反正我信了。评委们最初还支支吾吾，不敢直接以莫名其妙的理由刷下佳佳，到后来则干脆理直气壮地说："你这个人怎么这样难讲话。"尘埃落定，结果显而易见，不可能朝令夕改，时间也来不及了。

准备了厚厚的一摞材料，没有一个人相信佳佳会落选。大家纷纷猜测，她到底做了什么错事以至于出现这样的局面。

"有哪件事情是找不出理由的，哪个人没有自己的打算和苦衷？"

"你等下次机会吧，领导肯定有更多全盘的考虑，就这样吧。"

"哪次没有对你肯定，口头表扬不算吗？"

"那么激动干什么？有事好好说。"

"事情也是要机遇的，运气不好就算了。"

"你还向上级咨询，想告状，想翻天？像个祥林嫂那样诉苦？那你试试，结果会不会改变！"

"你怎么这么傻，你不看看那些评上的是多么优秀的人。"

"要给你的自然会给你，不想给你还要纠缠！不识相！"

…………

温柔的，冷冷的，高声的，隐隐约约的，各式各样的声音传来，在空中凝结成两个金光闪闪的大字："闭嘴！"

不知道为什么，佳佳很想多说说话，却陷入无人可说、无话可说的地步。当你有一肚子话，想找个人倾诉的时候，翻遍了整个通讯录，才发现找不到一个可以让你随时打扰的人。这时候你才明白，有些人不想找，有些人不能找。

算了，一切都随他去吧，在生死病痛面前，其他的都是小事。只是怕触碰到伤口，怕无畏的争论，谦让最终变成了沉默。有时候想想，能痛快地大吵一架未尝不是一件幸福的事。我们羞于表达，怯于沟通，也许现代人的社交恐惧症就是这样来的。人人都是世事的见证者，人人又都是自身的失语者，一部分人还有感知细碎的风的能力，一部分人连这也失去了。

佳佳只好向日记本倾诉，贴近那薄薄的软皮抄：

我心里清楚，渴望终究还是渴望，不会变成现实，只会引来别人异样眼光，让今后的路更难。可我还是抱着万分之一的希望傻傻地等，等一个过得去的说法来安慰自己。

我不求绝对公平，只想找个相对公平的原因。的确，个人的事也不算什么大事，如果他们一开始明确告诉我，我是没有资格的，我连材料都不会去交。真的，我不是那么勇敢的人，我习惯了失去，习惯了从头再来。我只是把自己真实的情况告诉了他们认为不该告诉的人，没有添油加醋，没有告状，只是希望再努力一把，争

只想和你说说话

取新的机会。也许冒犯了某人，可是我相信任何人都会为之努力，只不过可能比我的方法更好。他们不会像我这么狼狈，甚至他们根本就不会允许自己落到这般田地。

你们给我的时间太多太多，三年再三年，可是这一天里给我的时间又太少太少，半天都没有回复。我以为，你们会看在我努力工作的分上听我说说心里话，对过去那些年的我给予肯定，然后我便能轻松地放下。对不起我错了，我不应该抱有幻想。

不应该在幻想破灭后忍不住悲伤，悄悄地哭了，让大家为难了。

也不应该再说什么了，哭泣是没有用的，只是徒增自己的难过而已。自己选择的路，在中途抵达了荒郊野外，无人可以帮忙，退出也来不及。与其走回头路，不如咬牙坚持。

可是，再坚强的笑脸背后都藏着一个一戳即破的面具，当你遇上困难、挫折，多么希望背后有一个可靠的肩膀无声地倚过来，任你淌一淌热泪。

我的眼睛快要睁不开了，我要忍住不再哭了。好久没有痛痛快快地哭一场了。我真的没想哭，我已经向天空扬起四十五度明媚的脸，可那睫毛上的露珠像泉水一样涌出来，遮住了我的视线，让我看不见你们关切的脸。我好怕，我怕火辣辣的热泪会带走我所有的热情，让我失去所有力气。

这世界，为一个人改变是很难的，为一群人改变或制定规则才有希望。悲伤是一件极其耗费精力的事情，脆弱只能自己知晓，给真正心疼你的人看，不然呢？我一次次告诉自己：改变不了现状只有改变自己。掌握制定规则的力量，拥有无法遮挡的强大，才可以得到你应有的。

凌晨三点，灯已经熄灭，佳佳还没有入睡。她将一只手往天空伸展，能看见透过指缝的奇异的红色光芒。她想：我真的没有事，我只是想和你说说话。听！

时钟嘀嘀嗒嗒敲响暗夜／无人居住的窗／我想做棵无知觉的枯树／哪怕天崩溃了，地陷进去／把我埋得很深很深／我还能笑出来，说雨下了一定／好凉快／只是想和你说说话／就一句，悄悄告诉你／我偷偷地哭一会儿，就好了／不必牵挂。

迷失的花皮狗

（一）

春日里，小区里人头攒动，一辆辆黄色的宣传车扯着嗓门吆喝，一张张年轻的面孔热情地往你手里塞着"优惠好礼"和传单。这些年轻人像辛勤的蜜蜂四处奔忙，一旦发现有香醇的花蜜可采，就先用金色的小茸毛粘你一下，催你快开花。还是假期，却没有了晚睡的条件，各式各样的大喇叭声声催你早起，不知道上天为什么给了他们那么敏锐的感官，总能找到你的瘙痒之处。一拨拨人来了，又一拨拨人坐着车跟着去了，人心就像旱到极点的快要凋萎的小草，碰上了水汽，一下子勃发起来。果然是春天来了吗？

不时听到哪个单位的人又团购了十几套房，准备退休住一起去，看来大家的口袋还是蛮鼓的，生怕晚一步钱花不出去了。风起了，浪潮终会涌过来。有一天散步，老人家着急地问："你咋还不去看房子呢？大家都买第二套了。现在政策好，价格合适，买还是划得来的，何况别人都有，你为什么要低人一等呢？"旁边的阿姨们化身金牌销售人员，七嘴八舌地炫耀自己买的那个小区："大家都住那边去，一起有伴聊天也好啊，以后小孩读书的事也应该考虑起来了。"这些平时哭穷、省吃俭用的人，买房像买大白菜一样，捡起来就放篮子里了。看，身边行色匆匆的人，不是买了房就是在去买房的路上。曾有人戏谑，那些外表光鲜亮丽的人大都是靠借贷度日，但这有什么不可以呢？该出手时就出手，投资房产也是有回报的。身边的人这段时间也蠢蠢欲动起来。

人是很没有安全感的动物。在远古时代，为了生存的需求，防御其他物种的侵袭，人们往往会选择群居，发展到后来，人多的地方渐渐成了一个城郭。人类也创造出许多像孤独、茕茕孑立、离群的孤雁等让人一看就感觉悲伤的词语，可以看出团结、合群是给予一个人安全感的重要条件。生怕自己被大家抛下，充满焦虑感，也是现代人的通病之一了，老了尤其害怕自己孤零零一个人。

一日无事在凉亭吹风，一同事问：有人愿去市里玩吗，车还有空位。于是，我便跟着去了。果不其然是和楼盘相约，他是来签正式购房合同的，我身边不少熟悉的人在这个楼盘买了房，途中还见到几个认识的人也来看房。销售人员带大家实地转了一圈，介绍说公摊面积不大，采光不错，价格在预期内，顶已封，烂尾可能性不大，离市中心不远。在我看来，新楼盘都差不多，各有各的优势，买哪儿看自己的选择。不足的是门口的路还没浇上混凝土，春雨化冻，一脚泥泞。刚露疑色，售楼"小鲜肉"立即解释：路马上会修，这里是学区房，旁边的空地将会建成商场，到时候前景不知道有多好。他一口一个姐姐，殷勤得仿佛以为在和你谈恋爱。身边的一位大姐已经被迷倒了，当场付了定金，团购的大军又多了一人。大概他不是我欣赏的类型，我还残存着一点理智。"一起有伴，买吧。"这声音像是从潘多拉的魔盒里传出，轻轻地闪耀着金光，无数的钞票在扭着诱惑的舞姿叫唤。那一刻，我平静的外表下不知死了多少个脑细胞，它们捉对厮杀又混战几百回合，最终还是回家商量的念头占了上风。"小鲜肉"虽然失望，但还是忙前忙后，给我一个袋子装上了楼盘资料，还附了整个城市的新楼盘分布图。当然，其他楼盘在图上字小且标价贵，本楼盘在显眼的位置且物美价廉。

　　大概"小鲜肉"早就料到我逃不出如来的手掌心。一回到家，我便如复读机一般把楼盘的情况全告诉了家人，记性太好，一点儿优点都没落下，本就支持的家人当场同意。我也很是得意，第一次出马竟然如此顺利，真是太简单了。晚上"小鲜肉"发微信介绍的时候，我直接让他做好置业计划书，约好了时间。完成了一件大事，生活的重心自然要转移，还有一堆事情永远做不完，哪有精力时刻关注这个。两天之后，他又打电话过来确认，说要加速推进这件事，销售情况大好，很可能要提价了。我说那要不要先打点钱过去，还有两三天就正式签约了，如果价钱变动肯定是不会要的。他连声说不用："已经和经理讲好了，这套房子留下来，你到时候过来就行了。"这就是销售的技巧，让你急切。过后想起曾经在一个贴吧里看到此类技术分析，不由失笑，这些推销故事在生活中都是有原型的。

（二）

　　那段时间天气很怪，几次预报说有台风过境，但都擦肩而过了。雨总是想来又不真来，洒几滴就跑了，闷得很，地心仿佛有一股燥气透出来，堵得小动物们乱窜。那天又预报说受厄尔尼诺现象影响，将会有大暴雨。我不想开车子去城里"看海"，但约定的时间无法更改。再三确认约定的价格没有变动后，又请了老师傅坐镇，我才硬着头皮前去。我苦中作乐想：风雨无阻相约，古有尾生抱柱，今有自己进城。天气预报难得准了一回，出门不一会儿，狂风大作，两旁的行道树全身摇摆，像得了癫痫的人。树叶敲击车窗发出"啪啪"的声响，狂风与沙土结盟了，遮住了天空。警示灯一闪一闪，可视距离不超过十米，路上一群"蜗牛"背着重重的壳，在慢慢地爬。老天发怒了，豆大的雨滴下来已经不过瘾了，直接倾泻如注。雨刮器刷到最快，也抹不去崩溃的泪水，凝成一块块厚厚的水晶玻璃，顺着平面抚摸你，找不到边缘在哪里。在中心用力敲打，也许可以分成几块，但谁又忍心呢？车子不得不停了下来，一同前行的朋友犹豫地说："要不改日再去？"想着临行前那个充满期待的电话，我依然决定前往。走走停停，四十公里的路程足足花了三个小时，庆幸出门的时间早，到售楼部不到十点。这里竟然还有和我们一样"勇敢"的人。雨势渐小，我们等待着最后的签约。

"小鲜肉"热情地迎了过来，领我们坐下，等待经理开正式发票签字。两个中年妇女突然从经理办公室挤了出来，她们衣着入时，微胖身材，脸上挤满了笑。她们运指如飞，噼里啪啦在计算器上按了一通，让我们直接交钱，可合同还没签呢。一个朋友让她们慢点，她们仍旧点算了一通，速度快得看不清，嘴里含糊着听不清关键数字，只知道她一直说这是最新优惠算法，加上新政补贴，买这个房子赚大了。她们和那个"小鲜肉"抢生意的态度还是使人起了疑心，我们招手问"小鲜肉"，这到底还是不是昨晚谈好的价格，合同准备好了没有。他说是的，昨天和经理说好的。一个女士嚷嚷着："谁说好了，昨天卖一套，老板都骂了我一顿，今天要按最新价格卖了。""小鲜肉"悄悄翻了个白眼，靠在墙角，嗫嚅着："昨天不是和你说好的吗？手机上还有短信呢。"

"我没有收到。"硬邦邦的一锤砸来。

"你没有就行了吗？我们客户微信上是有记录的，昨晚还再三确认过，怎能言而无信呢？如果不是因为约定好了，这样的天气谁愿意出门呢？"

"和谁约定的你找谁呀！"冷冰冰的又一锤。上当的人们不知怎么办，无数的目光如利箭"嗖"地朝"小鲜肉"飞去，可怜的他紧贴在墙上，手不知该怎么摆，一句辩解的话都说不出口。"他是不是你们公司的销售人员？你们合伙把大家骗来吗？这是欺诈行为！""大家不如看看新的优惠政策，力度非常大，更划得来。"一个会计模样的妇女出来转圜。"那你算给我们看看。"她再解释也改变不了最新优惠后的价格比之前说好的每平方米多了一百元的事实，送什么也是收房以后的事情了，房子明年才做好，约定的都会变，你还能相信交钱后这种开发商的承诺吗？虽然生气自己白跑了一趟，但总算没吃大亏，就算占便宜了吧。雨也小了些，我不想争论，和朋友准备走了。

放在门边的伞不见了，虽然雨有短暂停歇的趋势，但没有它恐怕走不到停车场，春天淋雨感冒可不是闹着玩的。一个看房人说伞架上有把花伞被另一个销售员随手拿去看房了，印有广告的长柄伞却还有一把挂在那里。那两个不怀好意的妇女一直喋喋不休，企图劝说我们接受新的方案。她俩暗示我们，说一直在和老板沟通，其中有一个是老板的亲戚，只要关系到位，价格还是可以商量的。我怀疑这是她们的某种策略，关系学无孔不入，朝愤怒的火苗上更浇了一桶油，在雨水的压制下忍住没有爆发。我站在门口沉着脸再听了半小时花言巧语的营销，等待雨伞的归来。

（三）

回去的路上，老师傅看我紧抿双唇、全神贯注开车的样子，小心翼翼地说："如果你实在喜欢这套房子，还是买了吧，相差也不多，来一趟不容易。"我笑了，正因为不容易才不会这样敷衍，要想清楚，如果因为一次错误的付出而不甘心，继续投入只会更难受。老师傅说："你能不能不要这么文艺，我是真的替你不值，颠簸跑过来就是这个结果。""那好，一句话总结就是：我不会要这个楼盘的房子了，就算给我前面的价格，我都会再考虑，不会像傻瓜一下子扎进去了。"车里的朋友们赶忙安慰我："你看一路上有多少空房子呀，要买机会多的是。"

"不要着急，不要生气，那个地方的房子不怎样，好屋多的是。"同事丽丽悄悄地告诉我，"我去年准备买房，最先看的房子就是那儿，你看今年还有好多没有卖出去的，销售数据好多都是假的。那条路还没有修成吧，我问了周边的老百姓，路口的那家不肯拆迁，要通大路还不知到什么时候呢，下雨天你买个菜都不方便，总不能出门就开车吧。"我想象了一下那个画面：一手撑着伞在，头低下仔细地寻找高跟鞋的落脚点，一手时不时晃动保持平衡，人在风雨中飘摇，连走路都困难。我赶紧摇头。

"你也想买房子了？""是啊，钱放着也是放着，丢银行实在没什么利息，公积金这么多年也攒了不少，正好现在享受了，几十年后退休给你有什么用呢？现在政策利好，是个好时机。我比你早看好久了，看了不下十个楼盘了，反正多比较，多想想，要讲价，你才挑得到自己满意的。千万不要听卖的人瞎掰，也不要听身边的人瞎起哄，理性一点，根据自己的实际考虑，别人喜欢的你未必喜欢，别人厌恶的你未必不适合。买房这件事就像结婚，婚前睁大眼看清楚，婚后就要睁一只眼闭一只眼了。别笑，事实就是这样，我们普通老百姓一辈子又能买几次房，结几次婚呢？大事不能糊涂。"

我和丽丽平日里接触并不多，感觉她工作生活按部就班、波澜不惊，没想到是个热心人，也没想到平淡的生活能被她总结出质朴的真理。和她在一起，常有生活的惊喜和趣味。她谈起自己过去一段日子有点像过家家，而我听来却觉得像一段奇幻的冒险。她每个星期双休日就去市里，跟着朋友或看房团一起马不停蹄地看房子，从外部环境到内部构造、户

迷失的花皮狗

型，从升值空间到实际使用面积，一点一点权衡。她从一个什么也不懂的"菜鸟"到能吐出一大串建筑名词、金融术语的看房达人，自带星星的光芒。"经济适用速成班"在最短的时间教会你学会选房。有点佩服最早提出"经济适用房"这个概念的人，他不但是个经济学家，肯定也是个心理学家，不然对人性的揣摩怎能把控得如此精准？后来的人才有机会创造出诸如"经济适用男、经济适用女"等词语，言简意赅地解释某种现象。

若是一个销售人员告诉你，某个楼盘销售很火爆，只有9栋的十几户可以选择了，而你原本想看的7栋户型更满意，这时你不要着急，过几天换一个销售人员就有了。你若说想看9栋的，那么销售人员会带你去看7栋的，并且极力推荐你交定金。甚至在同一个楼盘，你和另一位看房的人打听一下，也许你们被推荐购买的是同一户。对于这类房市怪现状不必惊异，脑子转两个弯就能想通了：一方面，好房源可以捂盘惜售，等待涨价；另一方面，饥渴营销，抓住顾客心理，成交机会大。这个故事又一次证明开发商高薪聘请的策划人员不是吃干饭的。

"小鲜肉"脸皮比较薄，不好意思打电话，只是发了几次信息过来，我没有理会他。那两个能言善道的女士倒是打了好几次电话，可惜信任一旦缺失，问候也算是一种骚扰，何况动机不纯呢。"小鲜肉"是应届毕业生，从朋友圈里看见他飞起学士帽的潇洒，不知道他经历这份工作后，会不会变得不一样。为免尴尬，最后我只好删除了这个好友，免得大家为难。

不断有人来安慰我，也有人叹息着说"如果你早点来就可以买到了"，好像我没和她们做成邻居令她们伤心到肝肠寸断。伤心实在谈不上，愤怒确实有。就像一个母亲满怀期待做好一切准备等待孩子的到来，甚至愿意为之付出自己的一切，却发现搞错了，前段时间是假孕，我想没有人心情会好。其实有那么一瞬，我非常怨恨老师教育太成功，搜肠刮肚，竟找不到适合发泄骂人的粗俗的语句。每每生气的时候，我只会说"你怎么可以这样"，把火气生生地压在心底。那些肆无忌惮、"出口成脏"的女士，相信她们一定很爽快，活得很快乐。

（四）

阿妹听说我要买房，介绍了一个很熟悉这行的朋友给我。他很年轻，像个邻家弟弟，阳光爽朗。他说公司经常和这些开发商有生意往来，可能会有更好的折扣，消息会更加灵通，好房源也更多。我们不由感慨多个朋友多条路，朋友多了路好走。

他先给我介绍了某花园，听说是老板一直留在手上的优质房源，价格比现在新开盘的便宜许多，在一个有名的公园旁边，那环境不用说了，休闲生活好去处，唯一的缺点是离市中心有点远。我在楼盘分布图上细细寻找，那不是快到火车站了吗？噪声会不会太大了点，老了可怎么办呢？在二手房市场上也有这类房源，两相比较价格确实很优惠，就看自己如何取舍了。

经历了一次失败，心情反而不那么急切了。我知道欲速则不达的道理，钱在手，货源有，也不是急等入住的房子，况且急也没用，慢工出细活。过几天，他打电话过来，说老板资金周转过来了，还想等一等再出手，声音里有一种说不出的沮丧，觉得没帮上忙不好意思。我反倒安慰他说自己也想等等。也确实应该沉寂下来，工作压力大，还联系买房的事，一下班就开几个小时的车到处转，一个人鼓起勇气，在陌生的城市里东奔西走，忙得有点晕头转向，日子过得不知所谓了。与其担忧将来的钱贬值，还不如经营好自己的现在，身体才是一切的基础。我又恢

迷失的花皮狗

复了忙时工作、闲时运动的规律生活，只不过运动的伙伴多了丽丽和她的朋友，不再是一个人的孤单。

记得有个老师对我说，如果你想在写作方面有所提高，要扩大你生活的范围，多接触不同的人，多见识不同的事，体味人生百态，写文章时才能真情流露。我想起有一次参加某地旅游征文的比赛，将书本里欣赏到的美景结合自己旅游的感受，洋洋洒洒写了几千字，准备邮寄时发现我写的地方和主题活动地不是同一个地方，一字之差，两地相隔四十公里。诚然，我可以借助资料拼凑出一篇，但自己都觉别扭的文章怎能打动评委，况且这也违背了主办方的初衷。最终我放弃了，准备长假去一趟好好感受当地的风土人情，以后有机会再写。世事是相通的，吸取了教训，考虑清楚自己想要的是什么，就不会像无头苍蝇那样乱撞了。

傍晚散步，听丽丽他们讨论买股票的事，说起大盘什么走势，争论现在该不该买，"战况"有点儿激烈。我完全不懂，问起了门外汉才会问的话：大盘涨跌和你们有什么关系？只要你买的那个股涨不就好了。旁边的明明乐了：就像你买房子，卖出去赚了就是涨了，但如果整体经济形势不好，大盘跌了，房价肯定涨不上去，砸在手里就是亏了。他可能觉得我不是专业炒房人，这个比喻太生涩了，于是又说炒股票就像打麻将，有人赢就有人输。明明夫人马上反驳："不一样，炒股比打麻将更可怕，如果我们四个人一起打麻将，我输了，你可能就赢了，股市里可能四个人一起输了，钱不知蒸发到哪里去了。印花税、契税、跌停了、熔断了，钱一下子就没了。""那你打牌不用出桌钱吗？""那才多少？而且清清楚楚、明明白白知道钱去哪了。你炒股知道吗？你问问站在这里的几个人，他们钱去哪了？"丽丽说现在大盘那么低，有闲钱买点丢在那里不动是无所谓的，等涨上来再卖是不亏的，只有一点，不要投入太多，影响自己的生活质量。明明说："像我就是这样，为了打发时间是可以的，一个股买了五六年卖掉是不亏的，但实际算上利息、贬值，还是划不来的。没进来的人，最好还是不要进来了，有风险。你看这条路上，百分之八十的股民都是亏的，赚钱的是少数。"

谢谢他们为我而担忧。听到这么精彩的譬喻，我收获满满。亏钱的人的怨念有多少，在于散户赚钱的人有多少，不能轻易迈进一条你不熟悉的河流，善泳者溺水，不善泳者更危险。想买学区房，是为了孩子的将来；想在市区，是为了公共设施更完备，价值有点保障，当你感觉孤单的时候，想到还拥有一个遮风挡雨的家，心里更踏实点。这何尝不是对未来不确定的担忧？像过山车那样刺激的投资不适合我。

（五）

一切耐心的等待都是值得的。在经历了不下二十次独自开车进城后，我终于不再害怕一个人来到陌生的城市。再大的海，你这滴水走着走着也会慢慢汇进涓涓细流里。"阳光男孩"来了电话，说有个新楼盘，公司正为他们做广告设计，他认识其中的一个经理，可以有内部价格。新楼盘在另一条路，比我第一次看上的房子离市中心更近，又是第一期，看起来规模宏大得多，可挑选的楼层和户型也更多。看到新楼盘的第一眼，我不由自主地浮起一个念头：错过是不是为了更好的遇见？

一切都顺理成章，家人很快同意了，首付已经备好，只等通知了。一个电话打来："不要着急，还没有确定开盘时间,内部认购还没有开始。"第二个电话打来："这个价格可是没有补贴的。"是新楼盘没有参与政府活动吗？网络公开透明，一查有。"阳光男孩"顺便给我普及了一下经济基本常识：政府补贴是由政府和开发商一同出资，鼓励买房人的一种税收政策，买房人在 × 年 × 月 × 日之后签订合同，次年12月31

迷失的花皮狗

日之前交房，并缴纳所有契税的情况下到楼盘所在政府申请领取每平方米三百元的补贴，其中一百五十元是开发商提供的保证金，另一百五十元是政府配套资金。说白了，这就是为了去库存的一种利好政策。老板觉得价格低了不想出保证金也是情有可原的，我退了一步。过了几天，那边又改口了，说保证金是必须出的，价格直接上浮，反正你可以领回来。虽有不悦，但实在喜欢也就不计较了。终于理解为什么有些人在爱情中一败涂地。因为喜欢，所以忍让，一步步退到悬崖边上，东风和西风一定会有一个占上风。

该签合同了吧？随便一个经理写个收条，说等过一个月才有正式合同。这是不是合法呢？到时候价格到底是多少呢？正式开盘价又是多少？内部认购价是真的吗？疑虑像气泡一样，从捂得严严实实的鱼缸里一点一点冒出来。阿妹也在一旁隐晦地提醒："考虑清楚没有，那房子什么时候能交付？能不能赶上交税的时间？'阳光男孩'不会欺骗你，但你能保证开发商不会变卦吗？"别人只是给建议，自己要把握，一辈子都为这套房子打工了，更要考虑周全。

到行政中心咨询办税情况，一大群人打着"无良开发商还我血汗钱，请政府做主"的横幅浩浩荡荡地来了，不知道到底有多少人受骗了，这景象让人毛骨悚然。再打听，一个朋友买了房子，听说开发商跑了，房产证都没办到。这算好的，还有人交了钱，房子不知道在哪里呢。"反正开发商卷款跑掉的不在少数，你要擦亮眼睛。"一个老人给我忠告。本来是想买套房获得一种安全感，不用焦虑老了钱不抵钱，为生活四处奔波。可现在给自己背了一个重重的壳，转不回来时路了。

假期了，朋友邀我去爬山。天公作美，阴有小雨，不用顶着大太阳。我穿着一件薄薄的塑料雨披上了山，既能挡雨又能当件衣裳，不怕着凉。

风景不错，压抑的心情也得到了缓解。回到家，家里人惊讶地叫起来："你怎么了，红一块乌一块，成花皮狗了。"我在镜子面前仔细地照，原来是晒伤了，雨衣的空隙处热气透进来，脖子、手臂都变成深色了。明明天不是很热啊，而且我还做了防护措施。可想而知这个夏季为了买房，我一直在太阳底下奔波寻觅，连伞都没撑，到底变成什么样了，竟是一点也没有察觉。

我决定让自己开心一下，逛街去。去商场看见一件还算满意的衣服，款式很漂亮，试穿时有点紧，价格也还没有谈好。正在犹豫，一个大妈走过来说她要了。我呆在那里，心想：这件衣服到底是好还是不好呢？

（六）

又和往常一样清早出门，傍晚回家。暮色里，路灯还没有亮起，一根高高的电线杆冷冷地矗立在角落，不动声色地打量过往的行人。我也隐身其中，踟蹰地走过。一只流浪狗突然蹿出来，吓了我一跳，我脸色煞白，过了好一会儿才回过魂来，摸摸僵硬的手脚。

我不喜欢狗，确切地说，是怕狗。

一切毛茸茸的会活动的生物，我都不太喜欢和它们亲近，也许是因为过敏体质。夏天最害怕，皮肤裸露得最多，经过可能有虫子的树林，都要起鸡皮疙瘩。老人们说孩提时期要发水痘或出麻疹，把身体里的毒气排出来，大了就不容易得病。而我小时候却身体棒棒，连医院都难得去。

我生平最怕两个地方，一个是医院，一个是公安局。由于晕血，学校规定打预防针时，我总是躲得远远的，班主任不到家里拖是绝对不会去的。针还没扎下去，我已经哭得稀里哗啦。其他小朋友常以我为反面教材，比谁最勇敢。升学填志愿时，老师希望我填医学院，说分数超过一大截了，学医将来会很有出息。我急忙摇头，也许我医理知识会很好，可实际操作怎么办啊？这简直是拿病人的生命开玩笑啊。老师想了想，遗憾地叹口气。至于公安局，也就办身份证时进去过。

以前经过小弄堂去上班的时候，生怕某个门里冷不丁蹿出一条狗。它也许不会咬人，只是静静地望着，都会让我吓得贴住墙壁一动不动。若是听见它们的叫声，或是远远地看见它们，我都会不由自主地退避三舍。一个怀孕的同事被狗咬伤，不能打针，那几个月我比她还提心吊胆，一直到她女儿出世，母女身体健康，我才松了一口气。每次上班路上这五十米，真是世界上最遥远的距离。我就站在巷口望着你，你却不知道我在等你过去。

朋友去上海发展，要把爱宠小白送给我。那是一只真正的"茶杯犬"，只有手掌那么大，每天要吃排骨汤，洗澡要用有香水味的沐浴露，天天还要设计"发型"，我不敢收。

有个阿姨是严重过敏体质，狗狗经过她身边，留下一丝痕迹，她都会痒好半天。有次和她逛街，见到她明明毫发无损，却莫名说痒。她停下脚步，在雪白的小腿上抓出一条条血红的印记，说感到痛就不怎么痒。她说小时候很喜欢小狗，家里也曾养过，后来父母发现她过敏，就把狗狗送给了隔壁邻居，也搬家到异地。没想到几年后故地重游，那只狗认出她来，趴在她家门前活活饿死了。

小区后门水泵房养了一条小黑狗，油光水滑。它像个淘气的小孩子，平日里撵虫踩土，摘花扑蝶，玩得兴高采烈。除了开车，我不轻易经过它身边，免得它不小心撞到我腿上来，撕咬裤脚不放。前两天它的主人退休了，竟然没有把它带走。

这天出门前还是和风阵阵，于是我准备走走。谁料回去的路上变了天，偏偏又没带伞，我想抄近路从小区后门回家，身上湿漉漉的，很是狼狈。它此刻正垂头丧气地堵在门口，茫然地望着我。我手足无措地盯着它，我俩凝望、对视了好久。

虚实相接

秋天是个收获的季节，一切都恰到好处。武晓墨觉得最初想到这句话的人，真是个天才。看似直白的废话暗含哲理。秋天的风是适宜的，秋天的人是精神饱满的、充满希望的。这样刚刚好的、和谐的季节，值得人出来看一看、走一走。连武晓墨这样的"宅女"也泛起了涟漪，那确实是人间值得了。

武晓墨，女，一个文学爱好者，自小被爷爷寄予厚望，女儿身作男儿养。人生不就是废话组成的吗？晓墨常常有这样颓废的念头。当年父母作为公职人员，赶上计划生育政策，只能生育一个。如果双亲身体健康的话，晓墨也许还会偷偷地再有一个弟弟或妹妹，可惜世事就是那么无常，冷冷地剪断你一切不该有的念想。小时候，晓墨常羡慕别人家一大伙人出去，不怕人欺负，哪怕有超生的孩子被人嘲笑是捡来的，也有哥哥姐姐们可以揍他们。而自己呢，连个说话的人都没有，和他们比起来，到底谁更可怜？晓墨就像一只冬天的刺猬，虽然冬眠着却竖起尖锐的刺，不能展现任何脆弱。她是高傲的公主，学习成绩是证明一切努力的好方式，也因此有些同学会黏上来，抄抄作业，借借笔记什么的，由于这些朋友都是老师与家长眼中的"坏孩子"，因此晓墨也就不像其他女生那样，温顺文静惹人喜爱。有人批评她"傲慢偏激"，转念一想又觉得理所当然：在那样一个家庭长大，有点问题也是正常的。晓墨也不屑回话解释，每个人看到的彩虹的颜色都不一样。长大后的晓墨更是平静地接受，努力活在一个符合大众审美的框架里，然后内心自由腾挪。药铺里的擦桌布，擦来擦去都是苦，四处倾诉那是祥林嫂才干的事，成年人就该自己扛。

不熟悉晓墨的人都会觉得她很清高内向，不太与人接触，上班只顾做自己的事却不跟同事打成一片。其实晓墨心里有个小人，活跃得像火山欲爆发前的岩浆，思维能跳跃到你想象不到的诡异角度去，不好说，只有靠文字写写了，用那些或真实或虚构的文字表达想表达的。很可笑的是，真实的往往被人当成虚构的，虚构的往往被人当成真实的来解读。人们所看到的外部世界，其实是自己内心世界的投射，人们只愿意相信自己相信的东西。

有人恶意地询问："你是不是看不起人啊，有点小才就瞧不起别人啊。那个事情是真的吗？我不信。你这人不行，喜欢夸大，是不是文人就这么爱吹？"

有人"好心"地劝告："喜欢文字固然好，但工作是第一位的，帮帮别人写写材料不好吗？"

还有人说："不要钻牛角尖，过去的事就让它过去。"

诸如此类。刚开始晓墨还会想不通，内心还挣扎着想辩解一二：分内工作完成了，工作之余、闲暇时，不搬弄是非，有点还算高雅的兴趣爱好，没有碍着任何人也没有丑化任何人，最多记叙了一些真实的故事，我寻找阴影背后的光明，也不行吗？为什么受委屈的总是我，而我还要原谅那些伤害我的人，不原谅就是小肚鸡肠，格局不大？后来，晓墨就更沉默了。明明没有的事情，硬要揉开了掰碎了详详细细、翻来覆去地分析，再对号入座，你有什么办法呢？心虚的人泼惯了脏水给他人，自己也脏了是迟早的事。

晓墨不喜欢动物，尤其是那种有攻击性的猫猫狗狗，看见它们就要退避三舍。她保有小女人的脆弱天真，只喜欢植物。那种特别好动的动物世界实在太复杂，还是安静的植物好，自在花开，还能分享花香与美丽给众人。

通往单位的路上有一处小院，风景与众不同。那条路不但通向单位，而且通往一个老式邮局，神秘而幽静。你闭上眼想象一下，一个小小的分岔路口，别家都是贴满瓷砖的几层楼房，只有那一家是古朴的老房子。房子外面围着一圈略显低矮的围墙，偶然能看到星星点点的小花小草装饰着古老的梦。冬日里几株黄色的蜡梅悄悄地把暗香透出来，每个慢慢走过的人总会不由自主地停下来，深吸一口气，再缓慢地朝前走，直到闻不见那若有若无的香气了才匆匆地往前赶。晓墨有时候觉得这缕花香是漫漫长夜里的光，加班后疲惫回家的路上，吹吹晚风，一点一点踱步也是幸运的事。虽然来来往往的人那诧异的眼光很令人不自在，可晓墨依然喜欢。

这天，天阴沉沉的，沿街已飘来饭菜的香气，她又一个人沿着小径，不紧不慢地走着。

一个"百事通"阿姨骑着"小毛驴"经过，大声地问她："大作家，又在构思什么大作呢？""嘎嘎"的笑声像快要被杀的鸭子，被人扼住了喉咙，硬生生挤出来的。她老是用自以为玩笑的方式打探想知道的故事，但很不幸常常出事故。很多人身边都有这种人，像甩不掉的鼻涕一样存在感冒的世界里。

晓墨不想搭理她，勉强挤出一句话："想走走，天气好，你不觉得凉快吗？"

这位老阿姨其实也不想得到什么答案，问出自己想问的就扬长而去，但晓墨不回答就有点目中无人了。明天整栋楼也许就有晓墨清高自大的传言了。

今年五月的天气很闷热，虽然看着好像没有出大太阳，但一走出去，衣服是湿了又干，干了又湿，起风了走走确实可以缓解一点燥热。这样的快乐只有晓墨这样的人懂，一人吃饱，全家不饿，不用赶回去烧饭，哪里都好解决一餐。再恶毒一点想，那些有中年危机的妇女也许还要赶回家不知道是伺候老公，还是挑剔老公的伺候，哪有这些闲情雅致？她不就是想嘲笑我，一天到晚埋头写，又没什么名气，没有什么大部头吗？

晓墨很久以前就在积累素材，描写世相百态的短篇小说集早已初成，但晓墨不确定自己水平到底怎样，她急需靠某种肯定来给自己打一剂强心针。她选了一篇节选四处投稿，一直没有找到合适的刊物发出去。也许是话题太敏感了，也可能是真是自己写得不行，也许有很多也许……晓墨打了退堂鼓，只想把那些文字留给自己看。其实，晓墨连书名都想好了，就叫《穿过你的黑发望着你》，找不到有名的作家写序，就自己写。这个书名源于多年前大家向往成为文艺青年的时候，一家餐馆的菜名。那家餐馆起名很文艺，食物很浮夸，那道菜名叫"穿过你的黑发我的手"，其实就是海带炖猪蹄。晓墨并没有品尝过这道菜，那时这个名字是作为台历背后的小笑话存在的，讽刺很多菜名不副实还贵，坑了很多慕名而去的"吃货"。晓墨当时啼笑皆非地看这个段子，觉得有趣，便一直记在心里。她想：如果有一天我要出书，书名没有比这更好的了。这大概是潜意识的隐喻，人生不就是吃吃喝喝，然后经过一些事，悟出一些似是而非的哲理吗？透过黑发，至少包含了接触了，由实践到认知，然后上升到理论，多么饱满的节奏啊，再思考礼仪、情感、荣辱，像人

虚实相接

生的几重境界，物质的精神的都要有。在忙碌社会奔波还想静下心来写点什么的人，大部分是吃饱了有力气无处使的人。感谢自己还处在那个相对高一点的层次里，还能沾沾自喜，不如随便写写吧，想到哪里写到哪里。随便看看，闲暇时能够给自己和读者带来一丝轻松愉悦，那这本书也算有点作用了。如果能让人看几遍，偶尔还会思考一下生活，那这本书就算很成功了。

（一）

是什么时候开始喜欢"爬格子"的呢？晓墨悄悄问自己。"爬格子"是近些年晓墨使用频率较高的词，感觉比较高雅。以前最多是在纸上乱涂乱写些自己都不知道是什么的东西，有格子爬仿佛就有了框架，有了一定的基础，就像建房子有了一定的钢筋水泥。晓墨只希望自己还有点墨水，不要不学无术就好。她经常在惶恐中醒来，怀疑自己什么都不会，空落落的总找不到答案。

前些天，朋友流苏问晓墨："年后要不要换份工作？先去某个城市实地考察，再下决心。没有合适的，单纯去散散心也是好的。"晓墨一直在犹豫。流苏的个性比她的名字干脆多了，等不及要走了，就像她小时候毫不犹豫地冲上前为晓墨打抱不平一样。

晓墨小时候随爷爷在工厂食堂吃饭，那个胖胖的庞师傅和爷爷应是同辈，很是和蔼，一笑满脸皱纹。随大人来上工的孩子，饭菜总是比别人多一些，庞师傅每次都会给晓墨舀满满一大勺甜南瓜汤，多得快要溢出来。庞师傅懂的东西真多呀，几根草扭两下折一下就是蝈蝈脚，口技表演好像草丛里真开了一场"演唱会"。工友们有小伤小痛，卫生院太远了来不及，他"随手"抓一把草，捣烂了敷上就缓解了很多病痛。当然，最让人佩服的是他好像有一肚子的故事，永远有无穷的耐心陪这些孩子唠嗑。晓墨每天两个时刻最快活，一个是自己蹦蹦跳跳爬那食堂门口的十级石头台阶，准备吃饭了；一个是庞师傅笑眯眯地忙完，从台阶上"咚咚"走下来，然后坐在某一块石板上，磕几下旱烟杆，马上开讲了。

流苏是庞师傅捡来的孙女。在晓墨的记忆里，从没有见过庞师傅的老婆，也没有听说过他娶亲。工友们也很默契，从不提起这茬，应是有些忌讳。叽叽喳喳的孩子们也从不揭这块伤疤。

庞师傅喜欢给大家讲鬼故事，说他从坟地里经过见到的鬼火色彩是多么斑斓，忽上忽下晃动得多么快。他忽高忽低的声音，拉长的声调格外增添了音效，让孩子们既想听又害怕听，躲开一会儿忍不住又挪过来。

他绘声绘色地讲河两岸争做龙头的故事。传说当地有两个大姓人家，原先是每年端午节轮流做龙头，后来改了规则，谁家有本事，就用谁家的龙头放龙舟上祈福。有一年，其中一家人使了坏，故意破坏了另一家祠堂里的龙头，最终阴谋得逞了。但这家人却没有得到想要的结果，家族中莫名其妙地出现意外事故，打猎有人从山崖上摔下，过河翻船，得病的人也越来越多。后来，承受不住压力的族里长老说出了实情，恳请另一家的原谅。旱烟的火星明明灭灭，烟雾显得意味深长。

读书后的我恍然大悟，庞师傅当年肯定看过《搜神记》，他把里面的神怪故事改头换面加上自己的理解，给这群工友的孩子普及朴素的价值观。他讲过的很多故事在《镜花缘》《醒世恒言》中也能发现影子。

人总是会变的，孩提时快乐地听故事，长大后，有些故事发生在自己身上就快乐不起来了。因为家庭因素，晓墨比同龄人成熟得多，哪怕外在包装得再花团锦簇，晓墨总是能一针见血地看见人的劣根性。她很少和同班同学来往，但莫名其妙地成了某些女生的"仇人"，甚至有看着"八竿子打不着"的人找她"单挑"，以燕子为代表。

虚实相接

　　晓墨想不通，自己应该没有得罪过她。为了生存，除了上课时间，她就奔波在吃饭的路上，她没有时间也没有精力关注同学之间的小情谊或是矫情的抱怨。现在想来，那个年代，每个年轻人骨子里都有股武侠气。经常上着课，突然从后排传来一张纸条：下课单挑吧？

　　晓墨一句话都没有说。很多同学以为她怕了，因为晓墨平时实在是太安静了，一个人独来独往，是那种不到最低处、最难处，不倒在烂泥坑里怕被踩得太疼都不会想爬起来的人。她呆呆的、木木的，自己把自己关起来，完全没有一个姑娘该有的青春活力。如果不是老师每次测验后的表扬，很多同学都快要忘记班上有这个同学。每次老师叫到晓墨的名字，她都是怯生生地站起来，微微笑一笑，不表态又坐下了。

　　大家都相信，晓墨是那种说得好听叫随遇而安，实则怯懦到极致的人。但她们错估了形势，小一年级的流苏"嗷嗷"叫着冲了上来，挡在晓墨的面前，和她们杠上了。流苏屡战屡败，但每次都像小蛮牛一样，只要不倒下就不会退缩。大概流苏认为她和晓墨是本性一样的人吧。

　　燕子她们总是不死心，一次次挑衅。其实燕子的成绩与晓墨是不相上下的，两个女生不应该是这种奇怪的关系。那时不知道什么叫校园欺凌，也可能没有碰触到底线，晓墨并不向老师哭诉。除了被燕子的"护花使者"用弹弓弹得满头包略有点儿疼，其他习惯了还好。有一次，某个老师可能发现了什么，心疼地对晓墨说："如果你受了欺负要告诉老师。如果男生打你躲不开，就要学会反抗，不能逆来顺受。你力气小，教室里有扫帚，你拿起来往他脚上扫去，有问题我来负责。"对老师的善意，晓墨感激地点点头，坚定地说好，但没付诸行动。幸好，女生间的较量更多的是语言上的嘲讽，偶尔你拽我的头发，我抓你的脸，上课铃一响就各自拍拍身上的尘土，若无其事地回到教室继续上课。

庞师傅看着流苏被划破的外套，并不多说什么，默默地收拾完，给晓墨她们继续讲古。他的手指展成菊瓣状，一根根筋骨分明，模仿苏秦背剑四方走，咿咿呀呀唱着戏词，大意是：在低谷时忍他、让他、由他、避他，再待几年你且看他。

晓墨清楚根源在哪里。有人认为卑微的尘埃就该低到泥土里。既然事招惹上了，山已经倾倒下来，我只好去搬开，有什么可怕的呢？又有什么可以失去的呢？晓墨只剩一头枯黄的长发没舍得剪，那是她留存的最后的倔强，万一饿了，还可以换钱买饭吃。燕子总会忍不住上场，一次次累积的怨气才能化成力量。

这次，燕子一把扯住了晓墨的长发得意扬扬，却不知踩了牛尾巴，得到注定惨败的结局——她时髦的短发怎经得住晓墨用全身力气去薅？如果不是上课铃响，燕子的头皮绝对会掉下一大块。只有痛过的人才知道哪里是痛点，像燕子那种生活优渥的大小姐，怎晓得这些挣扎的小草的招数。她们用看着狼狈实则最小的代价躲过踩踏，倔强地钻出地面。后来，燕子竟然主动和晓墨握手言和了，她说没意思了，有个这样奇怪的朋友也好。当然这只是她以为的言和。晓墨笑了笑，陌生人并没有什么需要记挂在心的。

成年之后，晓墨回想，如果当年自己不是那么倔强，那么隐忍，是不是不会有那么多苦痛。她太相信自己渺小的力量可以解决所有问题，渴望依靠却不会依赖，有着虚假的勇敢。幸好，晓墨在这个艰苦卓绝的"长跑"中取得了阶段性的胜利，成绩依旧遥遥领先。燕子的那些"护花使者"一个个离开了，走上了他们可以预见的结局。如果人真的有上辈子的话，晓墨前世肯定属于"黑暗系"，那种瞒过老师活动筋骨的酣畅淋漓，那种痛并快乐的交织勇气，太阳底下肯定不会再浮现了。

曾经有位男生说："晓墨你哭起来最好看，比你平时笑或面无表情的时候可爱多了。"晓墨愤愤地想，这是你拉我头发、上课在衣服背后贴纸条的理由吗？说恨他也谈不上，这种小儿科的骚扰只能算一点酸的调剂，晓墨只是觉得很可恶，唯一一次软弱，被人发现了。

一位老师突发疾病离世，他虽然没有对晓墨特别关照，但那次不知为什么，晓墨偷偷跑去参加了老师的葬礼，把自己节省下来的早餐钱，交到了老师遗孀的手里。她还在教室默默地流泪，没有哭出一丝声响。想到那位老师的遗孀没有工作，今后一个人要拉扯两个孩子成人，晓墨为他们的不幸遭遇哭泣。

（二）

初春刚破土的小苗，喜欢风吹拂带来的清新，又怕料峭的春风使小脸皲裂，不知不觉长出"萝卜丝"，还没开花就饱经沧桑而夭折了。处处有选择，处处有陷阱。

流苏的名字像易碎的物品，但性格恰恰相反，她大气爽快得像个男子汉，做事有条不紊，想好了就去做，执行力强，不管是事业还是爱情，总那么从容。晓墨与她是两个极端。晓墨想东想西，越想越头疼，越想越失眠，几个月都做不了决定。

有一天，晓墨突然做了一个梦，梦见一个男人，名字叫继禹海，京城的行业大咖。晓墨可以肯定在生活中没有见过这位，甚至现实中他并不存在，但梦里他问晓墨近期有没有什么得意之作，获得过什么文艺大奖。晓墨突然察觉自己也没有什么拿得出手的，顿感羞愧。

按常理，一个虚无的梦醒来就该消失了，可它牢牢地刻在晓墨的脑海里，晓墨甚至还记得继先生穿着蓝色的衬衣，第二粒扣子敞开着，令人肾上腺素飙升。如果不是当时发生这些问话的房间里还有一位胖胖的女人，一本正经地敲击着手提电脑，也许晓墨还会有更加大胆的举动。晓墨一直以为这一定是一部罗曼蒂克的电影，他当着胖女人的面拥抱了她几秒还用发丝轻轻蹭了她几下。为什么会这样呢？确实没有这个人啊，怎么会连模样、名字、动作都记得如此清晰。拉开窗帘，竟然是白天，再看看手机，是 2 月 14 日的白天，千真万确的青天白日。这个梦还隐隐浮现了一个细节：在不久的将来，要开一个会议，一个画外音说，这个高规格会议有名额限制，这位先生把名额让给了他人，后来组委会慎重考虑，重新又邀请了他。开会前夕，晓墨与继先生在酒店门口相遇，鬼使神差地靠近。晓墨一眼就确定，他喜欢自己。

这喻示着什么呢？那个名字又有什么含义呀？真是伤脑筋，大白天的，是庄周梦蝶还是蝶梦庄周？难道是自己太久没谈恋爱了？晓墨想出去修一下眉毛、头发，做个美容，可终究还是放弃了。她太久没有出家门了，肿肿的脚都穿不上好看的鞋子了。

晓墨有过一双红色高跟鞋，红色的丝绒鞋面，镶嵌了一只水钻狐狸，闪闪的九寸透明高跟，只在年会上穿过一次。她穿着它表演古典旗袍秀，然后在楼梯的台阶上静静地等待，然后就没有然后了，也许是不见了，也许是借给别人表演节目了，总之它不翼而飞了。家里大多数鞋子是黑色的、白色的，红色的高跟鞋记忆中唯有那一双。晓墨有些后悔当时坐在小红椅上看别人走来走去，灵光一闪想到了某个词，却没有赶紧记下来。也许要哪一天坐回原位，在类似的场景里一动不动，进入冥想，才会重新想起那个词来。

大概每个女孩子都梦想过在结婚的大喜日子里，穿着红色的礼服和高跟鞋，一身红彤彤的，迎接所憧憬的未来。可老人们常对男孩子说，送女孩礼物千万不要送鞋子，不然她会离你远去。晓墨想起读过一本书中的故事，从窗子到床边，一共二十一步，为了证明确实只有二十一步，主人公走了无数遍，但仍然摆脱不了被关押的命运。就像在酒桌上，你说自己没喝醉，他人笑着指指点点说："你看那个醉鬼又在吹牛了。"你只好逼着自己装醉，说自己真喝多了，那人扬扬得意："你看，确实醉了还不承认，还好我火眼金睛。"幸好，晓墨不在乎从窗子到床边一共多少步，也不在乎酒桌上他人的指指点点。她心想一定去买一双更靓的红色高跟鞋，配上藏在衣橱里很久的重工刺绣裙，邀上流苏，美美地踏青去。

梦一开始，彩色的泡泡就会越来越多。人们常说日有所思夜有所梦，短小精悍的噩梦可以认为是工作压力的放大，那些长长的曲折的美梦又是什么呢？晓墨开始寻求梦的解析，渴望得到好的寓意。每次检索完，她会第一时间删除浏览历史，把痕迹抹得干干净净。但梦里发生的就任由它消散了吗？不，晓墨开始写日记了，并不是记自己的流水账，而是记录那些奇怪的梦——

3月23日，星期四，天气晴。阿蒲约我去逛街，说她想买衣服，可我在路上左等右等，也不见她的人影。她约的我，竟然放我鸽子？我火冒三丈，不敢置信却又不得不信，因为这已经不是她第一次爽约了，天知道，我为什么一次又一次轻易地被她骗了。

我和阿蒲以前是一个部门的同事，那时大家都还没有结婚，也没有孩子。别人认为同行是冤家，可在我们这里完全不适用，两个同龄的小姑娘一天到晚叽叽喳喳，像对快乐的小仓鼠。她爱华服美裳，非那几个牌子的衣服不穿。每次刚发工资便邀我一同逛街，她总是在各家镜子前左晃右晃搔首弄姿许久，最终仍是买那几件除了价格好看其他并不怎么样的衣服，认为显气质，然后省吃俭用半个月。而我和她恰恰相反，各种材质、各种款式的衣裙，只要自我感觉良好且价格合适，就想带回家。她老是把我从繁花丛中拖出来，嘲笑我随遇而安，没追求。三年来，我去过她家吃饭，她也了解我的家庭状况，直到她和一位异地男士每天准点开始煲电话粥，那流淌出来的甜蜜实在驹人。我实在受不了，起初还能呆坐在一旁半天不发声，任由魔音灌耳，后来便只能逃跑了。再后来，我调去了设计部，她也换岗去了财务部，两人线渐行渐远，偶尔购物和吃饭维系关系。

其实也怪我妈，唠叨太多。网络设计每天加班到深夜是常态，唯一的好处是工作地点灵活机动。有时为了满足客户的需求，想点子几易图稿，恨不得把头发揪一把下来，希望每一根头发都是孙悟空的毫毛，能变出各种稀奇古怪的事物。无奈脑细胞就这么多，复制粘贴的功能没多大用处。如果对窗的你有望远镜，会发现一个披头散发的疯婆子晚上在房间里走来走去转圈圈，甚至偶尔来个凌波微步，那就是工作状态的我。放松下来的我更愿意拿着一大包零食瘫在沙发上，看看电视发发呆。老妈一看到就训斥："看你像什么样子，就知道吃吃吃，懒得像死蛇，又不出去谈恋爱，看谁会要你！快点打扮下出门去，望你捡个宝。脚抬下，这地要拖了。爬起来，垫子要洗晒了！"家里一百多平方米的房子却没有我的立锥之地，在哪都碍眼。

在老妈的眼里，姑娘一大，老是待在家里就属于"不务正业"，哪怕是工作。她从不想想读书时监管多严，身边飞过一只公苍蝇都能嗅出味来，和老师联手将我隔绝在真空罩里。三年同学，毕业后我只记得班长是个男的，其他同学肯定也有男的，但所有男

虚实相接

同学加一起说话没有超过十句。现在，老妈突然要她闺女活泼开朗，交际面广，随手抓住一堆优质男……做做梦可能更加实际。

似乎有莫名的力量支撑着我，我抄小路急速赶到阿蒲家。

"你去不去？真不去？"

"不去，去不了，今天天气好，宝宝在太阳底下洗澡不容易感冒，也是晒被子的好日子。"她一边嘀咕一边忙碌着。

她怎么这样啊！这个啰哩啰唆的大婶真是我熟悉的那个阿蒲吗？她头发蓬松，乱糟糟的像被雨打过后还未来得及梳理，身上穿着一件扣错了一粒纽扣的花棉袄。母亲嘴里光鲜亮丽的都市白领在家竟然是这副模样，自带喜感。我忍不住怼了一句："你看看自己的样子。""我的样子怎样？在家里不都这样？"她得意地望了我一眼，"等你做妈的时候就知道哪个更重要了。"仿佛有了孩子就有了骄傲的资本，我成了一个不懂事的小孩。"我都走到你家了，你好意思不去？""哎，那不正好让你运动一下，省得一天到晚躲在家里玩手机、电脑。"

一个人去就是了，难不成我还不会走路了？

和阿蒲一起逛街，其实并不怎么美妙。她未成家之前，陪她逛街，我一直是她的绿叶。她怀孕了我陪她出去，正碰上公司三位"少奶奶"（曾经的同事，嫁得比较好），我走走停停，比蚂蚁快不了一点，但仍然超过了她们太多。每到一家童装店或和孩子有关的文具店，她们总是津津有味地谈论一番，每句话的最后必定不离"我家老公说""我宝宝怎样"，好像这世界除了他们就没有了其他可以入眼的东西，单身时风风火火的"铁娘子"如今脚步慢得像蜗牛。

我高昂着头出了门，不管后面隐约传来的嬉闹声。往哪儿走呢？路上的车子真多呀，一辆接着一辆，对面的大街是如此遥远，不知道怎样穿越车流。我出门习惯了开车直奔目的地，今天用自己的双腿有点儿别扭，不知往哪儿拐。旁边一个帅哥"嗨"了一声，好面熟，是谁呀？我心里嘀咕，回了一个僵硬的笑脸。又有一位姑娘笑眯眯地望着我，我真的不了解她有什么意图，笑得让人瘆得慌。短短的一条街我没有走完，像踩在棉花上漫步云端。

　　为什么大家都注视着我？一个孤独的女孩子在街上神情恍惚、漫无目的地走着，大概会被人认为精神有问题吧。世界飞速发展，足不出户可知天下事，不管手机屏幕对面是男是女，我都可以海阔天空侃个天花乱坠，对着家里的人却无话可说。如果不是每个月还要见设计总监交稿，我可以不出家门。妈催我去买菜，一定要说清楚买什么，直奔几个离家近的摊点买齐菜单所需，迅速交差，一点儿时间都不舍得耽误。曾经有一次忘记了要买什么瓜，结果将南瓜、苦瓜、冬瓜、丝瓜、蒲瓜一股脑儿买了回来，开了个"瓜大会"。在灼灼日光下，我像犯一个错的孩子般焦躁，更像一朵急速干枯了的花，迫切地想得到雨露的滋润。为什么会这样懦弱？也许别人根本就没看我，只是自己过度敏感，自以为是。热闹的世界，谁有空关心一个陌生的人？

　　我茫然往前，挨到一家包子铺。透过袅袅的蒸汽，只见那位大婶不疾不徐地擀面、裹馅、拉褶，然后将一个个圆滚滚的包子，整齐地码放进蒸笼里。这个画面好像把自己包了进去，难道前世我是一个包子，或是做包子的人，不然怎会如此熟悉？我不知不觉把手伸过去，拿起一个面团，按压，揉平，仿佛重复了无数遍。

虚实相接

大婶笑着说："姑娘不玩这个，吃包子。"

我站在十字路口，看着川流不息的人群，远方的摩托车发出一声悲鸣。

梦醒了。

（三）

四月的风来了，清爽而和煦。

晓墨想：也许潜意识存在的时间更长久。某一天，一个似曾相识的场景出现时，那个模糊的想法就会自然地浮现出来，挥之不去。越是恐惧，悲伤的负面情绪就越大，统统可以用"阴影"来概括。也许自己已经到了思考关于生与死的话题的年纪，她总会想起大爷爷家的小叔叔，一个早已逝去却好像从没有存在过的人。

大爷爷是爷爷家未出五服的兄弟，只不过他过继给了别家，改了姓氏，其实从血缘关系上来讲，还是很亲的。爷爷不止一次在小辈那里重申，要我们像对待爷爷一样尊敬大爷爷。我们和大爷爷住在同一个朝门里，每年冬至、过年祭拜的是同一个祖宗，大爷爷家是靠祠堂左边的小房子。小叔叔是大爷爷最小的儿子，年纪比晓墨大不了两岁，辈分大而已，所以大家也是很好的玩伴。

小叔叔和庞师傅一样心灵手巧，会捉蚱蜢、掏黄鳝，还会用蓍草占卜。但大人们有时会把他捉回去，说他有病，不发作的时候和正常人无甚区别，发作时会伤害人。听说他被关在家里的时候是用自己绞的麻绳拴住的，因为他力气特别大，像水牛牯横冲直撞。大爷爷要去田里做事，不可能整天在家陪着，大奶奶只得在一边默默流泪。孩子们都不相信他有病，晓墨偷偷跑到祠堂边，从门缝里瞧见小叔叔只是安静地坐在床脚的地上，脸色黑黝黝，不太像正常的晒黑。等你走了，隔很久蓦然听见

"嘀嘀"的呼吸声，晓墨认为是自己的错觉。后来每次看小叔叔收麻树的场景，望见他等待沤麻、撕麻、绞麻的专注神情，晓墨心想，一边是可以换取其他物资的喜悦，另一边会不会想起勒肉的压迫感。他那样轻柔地对待丝丝麻线，是不是也想它轻柔地对待可怜的自己。

随着年龄的增长。小叔叔被关在家里的时间越来越长了。最后一次，晓墨觉得好久没见小叔叔了，于是问爷爷："他人呢？怎么还不出来？"爷爷黯然地说："走了，他已经走了。这个乞债鬼。"当地人把少年夭折的孩子称为"乞债鬼"，责骂他们花费了父母的心血，却未长成人，除了让人伤心没别的回报，死后化为一缕烟，连祠堂停灵的资格都没有。可怜小叔叔一出生就住在祠堂边的房子里，走时连祠堂的边都挨不上。没到一年，大爷爷也因忧郁走了，没有存在感的大奶奶在灶炉前喃喃地告知小叔叔这些消息。我们发现了她慌张地扫未烧完的黄表纸，只能摇摇头叹息一声走了。

一个人在世界上存在过，是因为有人记得你的事情，如果你被人彻底地忘记了，那你真的已经走了。尤其是像小叔叔这种没有正经的牌位和墓地的人，流离漂泊。

清明节扫墓，一路上人流如织。清明是外地游子回乡的最佳时机，一方面祭奠先人，寄托哀思，另一方面见见在世的亲朋，带孩子体验下"打卡式"亲情。还有些年纪大的人会看看有没有机会落叶归根，农村老家的生活条件和环境轻松安逸得让忙碌奔波的城里人羡慕，花点小钱回乡镇置业也是一种时髦。

山下的公路被车子堵了几里长，天下着丝丝细雨，大家一手撑着伞，一手狼狈地拎着祭品，在泥泞的山道旁寻找那一个个挤挤挨挨的坟头。村子里的公墓周边很干净，水泥地上没有草要除，大家默默地站了一会儿，献几朵纸花。晓墨找了个角落无主的墓地，折了路上的几株灌木，摘了几颗野果子丢进去，权当给小叔叔祭拜了，然后坐在窄窄的墓沿上，像小时候和小叔叔玩笑时挨得一样近。其他人叫起来："你在干什么？"晓墨幽幽地说："有点累了，实在走不动了，地上也可以坐一会儿。"

斯人已逝，哪怕再悲伤难过，活着的人还要向前看。

4月5日深夜，妈妈跑到晓墨的房间，神色惊慌地对晓墨说："小荣的老婆死了，被亭子压死了！"晓墨迷迷糊糊地要睡，没有反应过来她说的是谁。妈妈又说了一遍，说是姑姑打电话来告诉她的。她不可置信地重复了几遍，晓墨的脑海里才渐渐地接收到这个信息，无意识地念叨了一遍，呆呆地视线移向妈妈。妈妈也痴痴地望着晓墨，像个失措的孩子，眼眶红红的，彼此想从对方那里得到什么否定的暗示，可惜没有。为了求证这个消息是否属实，是不是某个人的恶作剧，晓墨努力回想，那个人到底是什么样子，事件的来龙去脉是怎样的，但只找到一个模糊的影子，图像并不清晰。于是那个晚上，晓墨失眠了。

小荣是晓墨一个表姑的孙子，因为父母亲缘庞大，亲属有点多，很少接触。晓墨只记得他黑黑的脸庞，个子不高，透着一股体力劳动者特有的憨厚。他初中毕业后一直在外打工，有一次晓墨在汽车站碰见他回乡，背着一个鼓鼓囊囊的行李包，汗臭味熏得晓墨直往后躲。他讪讪地说，转了几趟车，还没歇下来，衣裳也没换。晓墨觉得有点儿不好意思，但实在不愿勉强自己，便侧着身子尽量离远些，屏住呼吸，少说话。

晓墨并没有见过表姑，很多年前听说她为生活所迫，嫁出去后觉得自己帮不上家里什么忙，便和娘家断了联系。后来，她晒谷子从楼顶摔下意外去世，亲戚怕她的孩子没人疼，偶尔去照看才联系多起来。人说"一表二代三千里"，经常来往的才是亲戚，但这并不是晓墨和他们关系不亲密的主要原因。表姑家儿女众多，孙子孙女也不少，基本都是混个初中毕业就出去打工了。其实他们的成绩不是特别差，也不算调皮的孩子，却没有人想着多读点书，在工厂做普工的表哥一个带一个，把家里人都带去挣钱了。长大，成家，生小孩，抚养孩子成年，帮助孩子成家，帮孩子带娃，这熟悉的轨迹好像是他们的理想目标，区别可能在于谁家更勤奋挣得更多些，谁家小孩更早为家里减轻了负担。

有一年，在另一个亲戚的喜宴上，晓墨和一个小外甥女同桌。小外甥女准备读完初二就辍学，但那时她家境已经不错了，做好了几层的新楼房，父母亲都在工作，日子在当地算得上中等了。晓墨大吃一惊，劝她不要这样做，劝表姐不要过早地让孩子步入社会，该是读书的时候。没想到小外甥女笑盈盈地对晓墨说："我在工厂，一个月工资比你高呢，你读书多了有什么用？"表姐怕晓墨脸上过不去，笑呵呵地叹气："劝不了，想出去就出去呗，打几年工再嫁人。以后总是走这条路的，厂里那边已经说好了，还有人照顾她。"短暂的静默后，一群志得意满的"成功者"说起了生意经、发财路。环顾四周，晓墨成了不合时宜的异类，只得默默地端起碗快速吃完离开。

这些年，晓墨仍然像他们所认为的那样，老老实实地上班，挣一份不多的工资，孩子也在渐渐长大。节庆聚会，晓墨听他们诉说家长里短、发财与否、成家不易的烦恼。当年他们生女儿时愁眉苦脸，现在女儿长大了反而喜笑颜开——能收到不少聘礼。当地有句俗话叫"抬头嫁女，低头娶媳"，聘金是个大问题，如果二十三四岁还没定好人家，成家就更困难了。听他们说，那个谁家娶媳妇花了三五十万，光聘金就十八万八，金首饰半斤折现钱，喜酒钱另算，恩养钱几万，还要小轿车一辆，家里房子要做好，不新的话还要去县城买套商品房，由男方付好首付。晓墨在旁边感慨，自己果然是"赔钱货"，没为娘家捞到什么好处。身边读了一些书有正式工作的姑娘大多也没有什么聘礼，买房虽然父母也资助了一些，但更多是夫妻双方奋斗后有一定经济基础才考虑的，从来没有把经济条件作为结婚的首要及唯一考量条件，爱情才是双方结婚的原因。晓墨无法理解，只见一两次面就开始谈婚论嫁谈条件，谈妥多少钱就可以生活在一起，然后马上怀孕生子。但这种怪现状无须人们的理解，就像在田间地头，无人打理的杂草过一段时间就会蔓生，是很自然的情况。

晓墨曾经见过一个姑娘，第一天媒人介绍相亲，还没有见到人，她就托人提条件了。那个男方父母是本地人，家里有一栋新做的楼房，有两个儿子，一个在外打工，一个随父母开小店。姑娘即将相亲的是小儿子，她要求那个大儿子先签下放弃房产、永不回来争家产的保证书，才能相亲。那个小儿子觉得人生无望了，一脸颓废。我们都以为这次相亲肯定失败了，没想到一个星期后在媒人的好说歹说下，男方竟然同意了这个条件，父母亲也做通了大儿子的思想工作，当天就见面订了婚。三月定的亲，"五一"就通知大家喝喜酒了，肚子里还有了娃娃。

小荣的婚事是表姐的难题。因为小荣个子不高，家境一般，相亲了几次都失败了。表姐好不容易举债建好了三层楼房，小荣的年纪却已像高粱秆一样节节攀升，猛然到二十九岁这个关卡了——再不收割就要折了。亲戚们都替他着急，纷纷出主意，想办法，多介绍。前年，一个远房的大姨年前聚会时让他买束花、带点礼品去看一个合适的女孩。两人年龄相当，外貌、家境也相当。大家纷纷出谋划策，如该买什么样的礼物，连见面时说话的语气都替他设计演练了一遍。终于在过完年的正月里，听见他们订婚的好消息，而且聘礼只要了当地的一个平均数。那天订婚，阴雨霏霏，天气却冷得刺骨。新娘子已有身孕，躲在房间里，晓墨匆匆扒了一碗"暖锅"（大锅乱炖卷心菜）便赶去街上买棉袄穿，只在递红包过去时瞥见一个土黄色的背影。

她怎么会走了呢？应该还很年轻呀，小孩才几个月大。晓墨脑子里乱糟糟的，悲哀地发现自己想不起来她到底长什么样子。晓墨无聊地翻看手机，有很多人在群里、朋友圈里发了一些相关的视频。晓墨一向不太关注各种占内存的视频，占用时间又影响他人，她害怕别人关注的目光，怯懦自卑是从少年时就埋下了种子。

晓墨不知道是真是假，缓缓打开视频。视频里的看客们议论纷纷："可怜啊，听说才二十几岁，女的，准备摆摊的小商贩想要躲雨，小孩才几个月大，亭子倒塌下来，人就没了。"她为什么会出现在那里？那天是五月一日，正好星期天，下午四点多钟，天空直接翻了脸，黑得伸手不见五指，雷声像长长的火车驶过，街上的人一瞬间就消失得无影无踪了。偶有一点光亮是金蛇狂舞，让你看清大地。狂风要把一切阻挡它的东西摧毁，倾倒下来的雨水砸在地上是沉闷的爆响，像恐怖大片里的末日降临。晓墨躲在家里紧锁着门窗，什么也不敢看，什么也不去想。不知道别人怎么看待她的遭遇，她也不愿去想。可那个小女婴该怎么办？她在毫不知情中就失去了最爱她的人。

第二天中午，太阳毒辣得刺眼，办公室里沉闷闷的，像人们的心情。大家边走边谈论网上的新闻，提醒自己要保重身体。晓墨低下头，一股热流突然从眼眶里冒出来，怎么也止不住。在小孩六个月大的时候，为了生计，她想到县城找个摊位做点小生意。外出打工太远，孩子还未断奶，本钱又太少，她只有摆夜宵摊。下午四点，夫妻俩骑着电瓶车四处寻访，当时天色已经很暗，有暴风雨的前兆。直到大雨落下来，他们无

虚实相接

奈地躲进了凉亭。狂风呼啸着，把凉亭的顶盖掀了下来，其他人挣扎着爬出了凉亭，她的头被一根圆柱击中，再也没有醒来，脸上还带着对美好新生活的期盼与憧憬。

表姐一个人呆呆地坐着，不知如何处理她的后事，嘴里一直反复念叨，她走的时候身上干干净净的，什么伤痕也没有，她怎样贤惠能干，怎样踏实孝顺。谁能想到会出现这样的事呢？以为日子走上正轨了，成家了，生娃了，要立业了，却一下子什么都没有了。还有比这种打击更大的吗？小荣躺在医院，紧紧抱着冰冷的女人。表姐费了好大的劲，掰开他的手指头，把女人抬进殡仪馆里，孩子给其他的亲戚照料了。

（四）

日子还要过下去，那个凉亭顶盖是木头，下截是水泥柱，连接不稳，凉亭顶才砸下来。晓墨想总有人为此事负责，是市政工程，还是无良的开发商？晓墨打电话咨询律师。晓墨知道这种冷静的处理方式是对的，否则再可怜她也枉然。晓墨看见她的小姨拉住表姐的手，哽咽地说："我什么都不想要，亲家婆，我晓得，我现在说这些话有点忧心过早，我知道你对她是好的……小荣还年轻，也是要再找的，如果以后再娶老婆，您要对这个孙女多照顾一点，不要断了我这门亲……拜托了！"她的母亲十几年前车祸去世了，她没有兄弟姐妹，父亲身残也无钱再续娶。小姨就是她的娘家妈妈。大家都说不会出现她担心的情况，会帮着照看小孩的，小姨没有再说什么，只是紧紧地晃着表姐的手，泣不成声。那个小女孩以后怎么办？那一刻，晓墨崩溃得想扑到妈妈怀里大哭一场。

事故调查组最后得出结论，包工头没有按质量标准施工，又碰上几十年不遇的大风。很快，赔偿费已经谈妥，比当初的彩礼翻了一倍，小荣老婆也变成了一捧灰。一个男人突然跑来要分抚恤金，自称是她的前夫，两人还有过一个孩子，孩子归男方抚养。小荣拖着病恹恹的身体，像发怒的狮子和那个男人扭打在一起，表姐尖叫一声，一下子晕倒在地上，大家扶表姐进房后，其余人默默地四散走了，只留下几个直系亲属。一星期后，也是一个凄凉的雨天，小荣女人的骨灰撒在了屋后的山里，赔偿款除了分给小荣岳父一些钱，都在小荣女儿的名下。晓墨以前从没有走过风雨亭那条路，可后来却开车经过几回，发现亭子已经修缮一新。

今年六一，晓墨又参加了一次喜宴。那个初中没有毕业就去打工的女孩结婚了，男孩同样年轻，才二十二岁，听说彩礼给得丰厚。晓墨看着她充满稚气的小脸，心里违心地祝福。小荣作为表哥也在迎亲队伍中。小荣又出去打工了，表姐抚养小荣的女儿。小荣的脸上渐渐地有了笑容。不知道小荣是否还会想起死去的女人，过不了多久，小荣的女人会彻底地从大家的记忆里消失。

这个变故终于促成了晓墨与流苏的考察之旅。趁节假日，加上年休，二人规划了一趟十几天的旅程。车票紧张，晓墨好不容易抢到了票，但和流苏不在同一节车厢，想换在一起，其他的旅客不乐意。晓墨放好行李，打开耳机坐下来，一边听音乐，一边看看窗外的风景。

停靠某个站时，一个愤怒的声音惊醒了闭目养神的晓墨。"我知道，现在的人都很敏感！"前排一位老大爷悻悻地边说边往外走。这位大爷和他女儿一同上车，也没有买到同一车厢的票，他想和 B 座的男人换一下位置，男人不愿意换。他临走前想把女儿的大箱子放在置物架上，上面挤得满满的，他用力一推，正好把 B 座男人的箱子挤到更远处，B 座男人问他想干什么，老人说他没想干什么，只是把女儿的箱子放好。然后他走向另一节车厢寻找自己的位置。

晓墨也继续戴上了自己的耳机，这时，一个矮矮的男人走了过来，

虚实相接

伸手拨了拨晓墨放在脚边的行李。晓墨愕然望着他，这人想干什么？想光明正大地拿我的东西？应该没有这么大胆的人吧？

那个男人牵着一个十岁左右的小女孩说："这是我们的位置。"

"那你坐啊，我坐的是自己的位置，你动我东西干什么？"

"我看充电的地方在哪。"

"我正在充，充满了你充。"

小姑娘举着姜丝糖，甜甜笑着："阿姨，你要不要吃？""谢谢，你自己吃吧。"晓墨笑着摇摇头，准备继续听歌。"阿姨，你看，我妈妈给我发视频呢。"小姑娘锲而不舍地同她说话，语气很是亲昵，气氛也渐渐热络起来。

"我上次坐错位置，包被别人拿走了。"同座的男人像解释又像是抱怨。

他真敏感，晓墨心里想。

晓墨的皮肤很敏感，小时候只用最简单的雪花膏，冬天防冻防裂就行，价格便宜又实惠，长大了用基础补水，没有特殊的香味和成分。她的脸上抹一点彩妆就不舒服，手臂上试个色便痒几天。尤其是眼睛最敏感，一看到睫毛膏眼皮就眨个不停，不一会儿眼泪就掉下来了。

学生时代可以不化妆，可参加工作了不化妆那有点不合群，尤其是她竟选上了小镇的形象代言人。平时从不化妆的她就成了众矢之的，大家像看怪物一样注视她，猜测她家境是不是太差，性格是不是很古怪。一些不好的词语都往她身上放，让她成了一个不受欢迎的人。

幸好晓墨的性格和她的皮肤恰恰相反。她觉得这样也好，省钱省事了，有那个打扮的时间多读点书，青春饭不能吃一辈子。

晓墨有时候胆子很小，看见陌生的有资源的嘉宾，微微一笑就不说话了，只是安静地坐在一旁，不像其他的小姑娘勇敢地冲上去搭讪，不一会儿哥儿妹儿打成一片；她有时候胆子又很大，独自一个人旅行，在路上还帮生病的人搭车。那位受助的姑娘惊异她的"莽撞"："现在新闻里失踪的女孩很多，你怎么不怕？"晓墨说："我知道你不会是坏人，其实你的口音告诉我，咱俩是老乡。你看我们搭的是什么车，一辆农用三轮车，敞开的，村级公路两边都有超速监控探头的。"

（五）

散心回来的晓墨学会了辩证地看待问题。比如看待"百事通"阿姨，她是单位公认的会办事的人。她有三个特别：特别会说话，特别会变换音调，特别擅长用修饰手法，什么比喻、夸张那是运用到极致。芝麻大的事经过她一番修饰，绝对会扩大到比西瓜大，没有影的事也会像真的，好像单位里缺少了她绝对是不成的。以前，晓墨很讨厌她，好像同事一见了她，都应该集体起立鼓掌，领导应当给她提个一级半级。另一方面来看，同事可以足不出户，就通过她的嘴知道全镇甚至全县的新鲜事。一天的时间过得很快。

有些本事真是学不来的。务必要在上级领导面前露脸，务必要在相机里留影，这是"百事通"阿姨坚定的信念。要是有上级领导来检查，且不管是不是与她相关，她一定会凑上去，说："知道领导日理万机，实在是有重要工作要汇报。"然后她拣一件极小且已完成的事详细述说一下难度，言辞恳切，轻声细语，结尾来一句："您不要担心，经过多番努力，我快完成了。"她目光坚定，声音高亢。她有句"名言"："没有什么事是做不成的，等领导我是有耐心的，坐在领导办公室外等，屁股上长钉子也不怕。"晓墨自愧不如，谁不喜欢这样的属下呀？

晓墨在回家的路上，发现了一头奔跑的小牛。晓墨战战兢兢地将车停靠在一边，对小牛进行了一场无声但有深度的采访，编出了一个励志故事，准备下次有小朋友来游玩的时候，讲给他们听。

犇犇是头有思想的小公牛，思维敏捷，但绝不像别的牛那样只知道被牵着鼻子走。小公牛做任何事情都喜欢想想为什么，为什么要这样做。主人很喜欢小公牛，平日里带小公牛出去吃草看风景，绳子随便一扔，给予小公牛极大的自由。

这段时间犇犇很是忧虑，田地里来了几台"突突"响的庞然大物，几个来回就把地耕好了，主人很久没有让自己干活了，那自己将来能干什么呢？小公牛想：听说邻村的白马会跳绳，会骑车，在马戏团干得不错，我也要像马儿一样奔跑，学会新的本领。一天趁主人不在，小公牛撒腿在马路上狂奔，车子堵成了一条长龙，小公牛"哞哞"地叫着道歉，等绿灯亮了再通过了路口。媒体报道了这头懂交通规则的牛，犇犇成了村里的"形象大使"。小公牛再也不怕自己下岗了，也许还能成为村里最长寿的牛，活到寿终正寝。

这个故事短小有趣，很受小朋友们的欢迎。那天晚上，晓墨做了一个甜甜的梦，梦里有一个小姑娘，和晓墨长得一模一样，她张着红红的小嘴，像嗷嗷待哺的喜鹊。晓墨惊奇地问："你是谁呀？"她噘起小嘴，不高兴了："妈妈，妈妈，我是你的宝宝小小墨呀，你怎么忘记了？"虽然在梦里，但晓墨清楚地知道自己还没有对象，哪来的宝宝呀？

"妈妈，妈妈！"小小墨又接着说，"妈妈，妈妈！秋天，我是你的小苹果，夏天我做你的空调，春天我就做花儿好了。冬天我是你的小棉袄，天冷了要穿上，妈妈，你不要忘了穿我去上班。"晓墨从不带小棉袄上班，一下班小小墨就扑过来要晓墨抱她。晓墨说肚子饿了抱不动，她就把手拿出来说："妈妈，你想吃肉吗？我手上有肉肉，给你咬一口。"

这个梦实在太真实了，晓墨不禁有点期待每天晚上见到她。

（六）

最近一定是太累了，以致她出现了幻觉。晓墨似乎看到前面车里的小姑娘向她飞吻。虽然相隔甚远，但她仍然清晰地看到那是幼儿园的校车，黄黄的车身上有可爱的漫画。

冬日的傍晚，道路两旁的霓虹灯刚刚升起。她连续加班一个多月了，她也不是什么重要的人物，看似没有什么大事，但总有不少小事等着她去做。她每一天每一秒都紧张兮兮的，担心工作没做好。

一位做同样工作的朋友抱怨，只要大家都遵守交通规则，各行其道，高速上的车最好开，她老公每次上高速就想打瞌睡，每次坐他的车都要提醒，还不如自己开车轻松。晓墨非常理解同事的老公，精神累到极致了，一有点放松的机会疲倦便如潮水袭来。像今天这样，等绿灯的时候，如果时间再长一点，眼皮轻轻地合拢，几秒钟她就能进入睡眠状态，只有用音乐给自己提神。

正是放学的时候，校车里面坐满了人，一个大眼睛的小姑娘趁老师不注意，站起来朝后面玻璃上哈了一口气，悄悄地画了一个心。那个小姑娘四五岁的样子，可爱极了，嘟起小嘴唇，中指和食指放在嘴唇上吻了一下，然后一挥，一个吻飞过来了，又快速地转身坐回原来的座位。晓墨可以肯定自己不认识这个小姑娘，也许小姑娘根本没有做这些动作，自己产生了这种幻觉。小小墨今天明明生病了，没有上幼儿园。生病的第一天，小小墨抱着晓墨的大腿，扯住她的衣角不说话。第二天小小墨还发着烧，晓墨临时有事加班去了。第三天晓墨对孩子爸爸说："我不想加班，想在家陪陪小小墨。"小小墨听见了，担心地问一句："妈妈，不上班我们有饭吃吗？"晓墨很惊讶，那一瞬间，晓墨有点心酸，抱着小小墨低声说："没事，一天不上班还是会有饭吃的。你本来就是小孩，不必懂这么多。"可是后来晓墨还是咬咬牙加班了，晚上回来时小小墨已经睡着了，呼吸极急促，好像睡得很不安稳。

小小墨两三岁的时候，学会打电话，每次都对晓墨嚷嚷："妈妈回家，回家！"

"妈妈在上班。"

"不管，我要你快回来！"

"妈妈要上班，下班了马上回家。"

孩子爸爸在一旁劝号啕大哭的小小墨："妈妈下班了就回来的，你看她上班挣钱了，给你买了好多新衣服，好多吃的……"

"不要！我什么都不要，我只要妈妈！"

有一天晓墨很晚才回来，小小墨竟然一直没有吃晚饭，一直等晓墨回来一起吃饭，最后还边吃边哭了起来。小小墨躺在床上对晓墨说："你上班的时候，我就唱'世上只有妈妈好'。"楼上的邻居伯伯对晓墨说："从你家门口过听见你女儿唱歌了，我都想把她送到你上班的地方去了。"

小小墨从小就省事，自己大口大口吃饭，不像别家的孩子要追着喂饭。当着小小墨的面，晓墨对奶奶说："不要喂，喂饭的习惯不好。"小小墨马上低下头，自己大口大口吃完一碗饭，碗底干干净净，没剩一点饭。晓墨自以为做好了迎接新生命到来的准备，可是忙起工作来，总是忽略了最需要关心的人。晓墨在手忙脚乱中安慰自己，没关系，我还教她唱了许多儿歌呢，我上次和她捉迷藏了呢，我还带她去了儿童乐园呢。

其实想想，自己真正陪过她几次呢？教她下棋是为了她不吵闹，让她可以安安静静地多坐一会儿。偶然发现她对色彩敏感，晓墨便为她买了颜料、画笔。晓墨信奉一句话：言传不如身教。其实这是没有办法的办法，是懒的借口。晓墨不求她今后大富大贵，只要她快乐健康就好。老师说："小小墨每天来学校身上都是干干净净的，脸上开开心心的。"可是幼儿园的亲子活动晓墨有多久没有参加过了呢？小小墨也曾问：别人的妈妈就不用工作吗？别人家的妈妈有空就带她们家的小孩去森林公园里玩，去田野里采野花，晓墨很少陪她玩。

这天晚上，晓墨又做了一个梦，梦见一个慈祥的老太太说："你家小小墨为了逗你开心，学会了我的魔法，例如让别的小姑娘给你抛飞吻。当然，她可能就是因此生病的。"什么？晓墨大吃一惊，赶忙说："快让她好起来！我以后会保重身体，不需要她逗我开心，有她的存在，本身就是开心幸福。"晓墨猛地从床上坐起，走到小小墨床前，轻轻地哼起摇篮曲。

因为有梦，晓墨一直努力向前奔跑着，脸上笑容多了起来，人也更阳光起来。

流苏从远方捎来问候："你最近怎样？想好了今后的路了吗？不要放弃写作，你一定可以成为作家！"

晓墨挥挥手，兴奋地说："嗯，我也这样认为，我一定会写出好作品，因为我要小小墨为我自豪。"

谁说不是呢？虚拟与现实其实只有一墙之隔，当你足够出色，那你只要轻轻一推，通往新世界的大门就打开了。

刀锋锃亮

许多年后，园子眼前还是会闪现那一幕：大雨滂沱，天地混沌一片，一个穿花衣裳的人没有打伞，像一根棍子直挺挺地朝前走。你看不清这个人是长发还是短发，是男还是女，年轻还是年老。这人右手紧紧攥着一把铁褐色的柴刀，雨水顺着柴刀快速流淌。这人就像从水里捞出来一股冷意从锃亮的刀锋上散开，肆无忌惮地在空中乱晃。

（一）

夏日正午，园子开着车准备去预约好的美容店。今年受疫情的影响，园子很久没有逛街，平时套着睡衣、蓬着头也敢拎着垃圾出来丢，遇到熟悉的人还会顺便聊几句。一个人的改变极为容易。

空荡荡的大街上，车子想怎么开就怎么开，只有自己一辆车。园子停好车从空调里迈步到冒着白烟的水泥地上，身上一下着了火一样。

"街上竟然只有我一个人！"园子对美容店的斌子感叹道。

"如果不是你打了电话预约，我也不会来的，下午没什么生意。"斌子笑着回答。

园子是当地一家杂志社的记者。在小城里，记者常常被人误解成高大上的职业——工作轻松，认识的人又多，什么难事都能办成。其实遇上堵车、交警开罚单这样的事，园子照样要老老实实地等待、交钱。她充其量是个明白人，碰上一些不合理现象知道找哪个部门投诉。园子梦想成为一个编剧，却回家乡做了一个苦逼的新媒体编辑兼记者，写写鸡毛蒜皮的家长里短的文章，也经常加班弄个季度小结、年度总结、考核之类的材料。生活么总要过下去，不好也不坏。读书时，专业老师曾严肃地告诫她：不要以为自己从文学院毕业了就是作家了，能成为作家的是极少数，先要找工作，养活自己了才能去追求理想。

园子是斌子的老顾客了，每次做头发，两人都相谈甚欢。美发师学历并不高，年纪也不大，却好像上知天文下知地理，从国际政治局势到家长里短，什么都能侃，顾客提起什么话题都能陪聊，还能引导你多消费。

园子佩服的几类人中，就有出租车司机和美发师，这些人心里装着很多故事。园子常怀疑编剧都是有钱的人，有钱了可收购好故事，有了好故事，才可写出好剧本。园子没有钱，也买不了故事，只有多观察身边的人，听他们的故事，像个小孩子一样多问为什么，且只能偷偷地在心里问，听到有趣的事记下来，以便将来写剧本时用上。

斌子和园子的一位朋友是邻居。每天上班，园子也会经过斌子家所在的村庄，一个到处长满樟树，人口不多的村庄。老人和孩子在家种植药材，年轻人在外务工多。园子曾在这里采访过，人们的谈话声、飞鸟的叽叽喳喳声，都融在那沉默不语的粼粼河水里。坐在岸边石板上，太阳碎在微微的波光里，四下无人，唯有对岸的狮山与你相看无言。现如今，新开的一条马路将村子分为南北两边。白墙黛瓦、小桥流水、稻香粱熟带来一阵火热的农家游乐后重新归于沉寂，北边三两栋瓦房孤零零地藏在山的怀里。

人们相信小镇上的任何两个人，最多只要拐三个弯，就有或远或近的亲戚关系。就因为这种关系，斌子从不向园子推荐多余的美容产品，项目的价钱开始说定了多少就是多少，从不加价。园子每次来，只要往转椅上一躺，斌子便走过来熟练地洗染吹烫，如果时间长园子还可以安心地睡一觉。

"今天怎么有空过来？工作不忙吗？"斌子一边干洗头发一边问。

"今天周六！"园子有点啼笑皆非，"你是不是忙昏头了？"

"歇了几个月了，再不开张，锅都要揭不开了。你不是经常加班吗？今天不加了吗？"斌子更加细致更加轻柔地撩起园子耳边的头发，"发质更粗糙了，等下给你多做个护理，要保养一下。"

"今年很少折腾头发呀，发质还不好吗？"

"经常做头发是对头发会有损伤，但更重要的是身体本身的影响。你太忙了，要注意休息呀。"斌子的语气极其温柔。

"我也不知道天天在忙什么。"园子迟疑地说，"我似乎没做什么事，怎么显得很忙？"

现在的人好像不好意思说自己不忙，忙才是一个人应有的状态，才能体现自己的存在价值。

"那天下午是你在路口拍照吗？"

"哪个路口？……哦，是你村子路口吗？你怎么知道的？"

"那天下午下大雨，我没有来店里。我家的房子靠近路口，看你在拍风景，没有叫你。"

"那天，我偶然抬头望见前方的云朵太美了，便停下来拍照……"

"还是你们领工资的好。"

（二）

这天，园子接到任务，去采访身边的优秀人物。一群摄像记者围在一起，"长枪短炮"很显眼，园子手中的中性笔和折叠的记事本是那么不起眼。那位优秀人物，在聚光灯下讲述自己的故事，他说家庭的学习氛围很重要，互相影响，互相支持，共同进步。他说自己孩子的成功，让人到中年的他有了前行的动力。他的孩子经过自己的努力考上了国内名校，后来又到国外知名大学留学。他侃侃而谈，眼里闪烁着灿烂的光芒。园子在羡慕之余，扪心自问：我还记得自己的理想吗？我为之努力了吗？

园子毕业那会念念不忘自己的梦，她想活出个人样给爸爸妈妈争脸。园子原本不叫园子，在她出生前，爸爸准备给她取名圆子。她出生后，倒是和预想的一样，胖乎乎的，只是性别不一样，爸爸正在菜园里干活，头也没回，说："就叫园子吧，菜园的园。"因为只有一个独生女，爸爸好像一辈子没挺直腰杆，在村子里和别人说话总是唯唯诺诺的，让人心酸。一直熬到园子成了村子里第一个女大学生，爸爸的腰才慢慢挺直了。妈妈常常心疼地说："一个女孩子，折腾什么，老老实实地上班、嫁人、生子就行了。"园子笑了笑，照样在风雨中奔波。工作再忙，晚上也要挤出一点时间创作。辛苦是自然的，但园子不怕，她怕的是自己坚持不下去，然后放弃了。

园子每次倒垃圾的时候，都喜欢观察那些无关紧要的东西，譬如花坛的花盛开了几种，谁偷偷地躲在转角处抽烟，留下了几个烟头。安全通道楼梯口有一只小蚂蚱，水磨石的颜色与它很相似，一不小心会踩上去。园子小心翼翼地避开了，凝神注视着这只蚂蚱。这么高的楼房，蚂蚱是飞不上来的，是谁把它带进来的？它应该生活在草丛里，欢快地歌唱，而不是这样畏畏缩缩地躺在这里。园子把蚂蚱往窗口一抛，看着它坠入草丛里，她才放心上楼。

采访途中，雨点"滴滴答答"地打在屋顶上又滚落下来。园子提出的问题一个接一个，被采访人怔怔地看着园子，不知回答哪个问题。

刀锋铤亮

天暗下来，大厅耀眼的灯光也照不透窗外乌压压的黑，一场暴雨即将来临。报告会结束后，园子急匆匆地往办公室赶，突然想起车子快没油了，红色的灯亮了起来。怎么办？园子撑着伞迟疑地站在雨中，手足无措。两个熟悉的朋友开车过来问："你开车了吗？需要帮忙吗？"雨水瞬间打进了窗户。园子摇摇头说："没事，我有车，你们先走吧。"很晚了，她不好意思麻烦朋友。

雨一直下，雨丝像飞絮细细地飘着。才立秋啊，如果不是风一直呼啸着卷起外衣的边，那慢慢走回去也是很愉快的。园子的想法就是这么不合时宜。

进入车里，一下安静了，来来往往的人像一帧帧黑白电影。昨晚已经发现只剩一格油，还没来得及加油，只能慢慢开回去了。慢慢地开车，慢慢地看看路边的风景，慢慢地任思绪蔓延，这也是一种体验。

前方岔路口有个女人等待通行，她没有打伞，水珠顺着她的脸颊往下流淌，形成一条雨线。她朝右行道上的车子望了一眼，又快速地侧过头去，然后直直地奔向另一个路口，手随着身子往前，没有规律摆动。现在的人，谁的生活都不易，躲在棚里避雨的小摊贩，竭力去扶倾倒货架的大叔，在这样恶劣天气必须出门讨生活的人……园子胡思乱想着，一个手里拿把柴刀的人从车子前面走过。

绿灯亮了，可以通行了，园子猛然踩了一下油门，车子往前驶去，来不及看清那个人到底是男是女，也不愿追究这人为什么带把柴刀。园子要忙的事太多。此后一段时间，也没有听说这个地方有杀人案件发生，园子也就慢慢忘了带刀的人。

（三）

园子投的稿终于有了回音，稿子过了某个戏剧文学大平台的初审。

为了庆祝，园子决定做个新发型，预示新的突破。她有时也想追求理想的过程，但重要还是结果重要。在过程中得到愉悦感固然很好，可谁不喜欢好的结果呢？

说来奇怪，园子和斌子看似是不同世界的两个人，却很有共同语言。斌子是园子作品除了编辑外的第一位读者，再忙，他也会在晚上仔仔细细地阅读园子的小说，然后谈谈看法。他没有什么故作高深的理论批评，会直接说出自己的感受。下次会面时，两人交流自己所知道的新鲜事，园子从他身上得到很多启发。平常的故事蕴含哲理，斌子的话时不时给园子带来创作灵感。园子常常感叹："如果你是编辑该多好！"斌子笑着说："那你的稿子我统统刊发。我不会写，但我喜欢看。"英国作家刘易斯说，情爱需要赤裸的身体，友爱需要赤裸的人格。斌子的鼓励让园子常常忘记斌子是发型师。

"今天不忙吗，看你喜笑颜开的，有什么喜事啊？"斌子笑着问园子。

"编辑说要用我的稿子。"园子上翘的嘴角真实表露了她并不矜持的心。

"那一定要发出来看看，让我欣赏欣赏。"

"才过了初审，正在复审，后面还有终审。如果终审能通过，可以拍个小电影。"

"哇，你真了不起！那到时候我去做个群众演员。"斌子挑挑眉，惊叹道。

"这种小电影投资极少，到时候还要请大家帮忙。我也做过群众演员，在县里的宣传片有个镜头，兴奋激动得一夜没睡，第二天从早上五点等到中午十二点，结果才只留了一个背影。哎哟，注意点，头发拉得太紧了。"

"不好意思，太激动了。"斌子放缓吹风机速度，"那也是开心的，万一有导演看上了呢，那今后不是可以当专业演员吗？"

"是啊，为一个没有正面的镜头，重拍了多少次。其实做什么都不容易。"园子渐渐认为，会吹牛也不完全是一件坏事。

也不怪园子会有这些狂妄的想法，虽然她偶尔也会有一些"豆腐块"发表，但这个电影剧本《亡命之途》是园子构思了三年才写成的。故事原型有园子的影子，主人公是一位小报记者，为挣脱无聊的生活，外出旅行，在途中出于职业敏感曝光了一伙人擅自收过路费，却撕开了当地黑暗势力的黑幕——美丽的山村竟然是隐蔽的制毒窝点。主人公不得不亡命天涯，最终正义得以伸张。为了安全和保密，回到工作岗位的记者不得透露出案件的具体细节，过上了正常生活。

这天早晨，园子在路口看见两个骑电动车的人，一个是园子熟悉的老朋友，一个是陌生的人。园子一眼注意到的是那个陌生人的背影，他以一种奇异的姿势骑着车，右手单手扶把手，左手奇怪地拗在小腿上，反手从大腿内侧伸入小腿的位置，好似在抓痒。但一般人搭手的位置应是直接从外侧垂下，他在骑车时模仿思想者塑像吗？他慢悠悠地往前移，有种莫名的喜感，手轻微地挪动一下，身子就跟着晃一下，电动车似倒非倒的样。园子一下对这个执拗的男人有了印象，越过狭窄的弯道超过去，还特意回头瞥了一眼。园子听朋友说，这人最近心情不怎么好，孩子出国成家要娶一位洋媳妇，决定定居海外，不回家了。他夫人害怕做空巢老人，以绝食反对，但反对无效，只好无奈地接受了。

园子对剧本不满意的地方大刀阔斧地改，看似优美却多余的句子一一删除，就像为了一棵高大的阔叶乔木能安全度过寒冬，树的主人不得不狠下心来斫枝减叶，减少水分的蒸发。园子加了雨中奔逃的细节，加入了那个雨中提刀人，这些虚构的情节明明是陌生的，却又很熟悉，她将很多东西碾碎了再杂糅进去。每改一稿，园子的脑海里总会幻想一个画面，最终稿的结尾只留一个背影便戛然而止，什么话也没说。谁都不喜欢说教，不喜欢别人硬塞在嘴里的食物吧，结尾任读者去遐想吧。

（四）

园子等到了剧本三审通过后的消息，电影也准备开拍了。她打开后备箱，一股清香迎面而来。春日里，园子喜欢下班后去田野漫步，偶尔采摘一些野花，丢在密闭的后备箱里，过了一段时间，这些野花成了标本，车里也留下了花的香味。园子脑海里浮现"日暖生香"这个词。

为了将有限的经费使用好，园子绞尽脑汁，降低成本。斌子也做了免费的化妆师和群演。

在家门口就能拍戏，小镇的人沸腾了，大家纷纷围观自荐，希望能露个脸。小成本的电影也要拍得大气，一个背影也要拍得完美，园子带着群演组的一个人先试"雨中拎着柴刀，走过岔道口"的镜头。

"停，停，你走路同手同脚，走得有点飘，正常走路。"

"你缩着脖子干什么？下一个。"

"你从没砍过柴吧？下一个。"

"你跳过去干什么，要走，要走！下一个。"

"你半天不走，一走就走模特步干吗？下一个。"

…………

人群中爆发出阵阵笑声。一个老人说跟耍把戏似的。人群渐渐散去，应试的群演也越来越少了。

"斌子，找些高个子的人来，要短发的。"

"我邻居是个子高，大家都叫他长子，就是脑子有点问题，傻傻的，

刀锋铮亮

能行吗？"

"试试吧。"园子有一种奇怪的感觉，马上就要找到合适的人了。

他来了，垂着眼睑，一句话也没有说，与其他人格格不入。"斌子，带他换上那件花衬衫，灰底的，超薄的，拿好刀，走过来。"人工造雨重新开始，长子还是一句话没有说，任雨淋湿了眼，一辆小车停下，他迟疑了一会儿，然后冷冷地望了一眼，不紧不慢地走过岔道口，神奇地与园子脑海中的影像重合了。"就是这个！"园子大呼一声，兴奋地站起来绕了两圈，"不对，不对……"园子蓦然停顿了下来。

"哪里不对？"斌子问。

"长子是个正常人吗？他不会突然发疯吧？"园子盯着斌子严肃地问。

"不会的，我反正没见过他发疯的样子，他只是有点反应慢，人很老实的。"斌子笑着说，有点迟疑，"有什么不对吗？"

"没事，那他怎么这个动作演得这么好，像亲身经历过似的。难道他是个有天赋的演员？他家里是什么情况？你和我说说，希望是我想错了。"

"他家没什么人。听说他爸喜欢赌博，他娘是外地人，忍受不了，在他小学时跑了。他爸经常出去，说是去打工，也不晓得是不是找他娘，反正很少有人看见他回来。长子原本很机灵的，后来就有点痴痴呆呆，由叔叔养大。"

"你们都没怀疑过他有什么不对劲吗？长子为什么会变成这样？是受了什么刺激吧？希望是我猜错了。那至少帮他找回爸爸或者妈妈，要不还是报警吧。"园子沉吟半晌，还是下了决定。

当园子的电影杀青的时候，她得知了事情的真相。长子的父亲好赌，为此，长子的母亲常常同他父亲吵架。一次父亲赌输了钱，喝得醉醺醺回来，遭到长子的母亲愤怒的责骂，长子躲在房间里瑟瑟发抖，长子的父亲随手拿起家中的柴刀，朝妻子砍了下去……长子受到刺激昏倒了。长子的母亲被埋在屋后的山上，因为偏僻，那天又下着暴雨，没人发现。长子醒来时母亲失踪了，后来父亲也经常不在，长子以为是一场梦。长子的母亲终于找到了，他的父亲也被警察押回来了。长子去医院接受心理治疗。

案件查清楚后，村里的人议论纷纷，说什么的都有。每次下大雨，长子拿起柴刀去砍柴，就像掉了灵魂一样机械地往前走，他从不会打伞。长子年近三十，却没有娶女人。园子想起了一句很有深意的话，说要隐藏一片树叶，最好的方法是把它放入森林。是不是有可能，未来这片树叶等不到去寻找它的人了？因为森林太大了，人没有耐心去找。

园子后来获得了某电影节"最佳编剧奖"。大家都称赞这剧本构思巧妙，故事情节曲折，演员塑造人物传神到位。没有人记住群演长子的故事，但园子一辈子都记得，那昏暗的雨中，一个男人提着的一把生锈的柴刀，刀锋锃亮。

一封情书

小鱼坐在电脑旁，一边机械地打字，一边构思一封情书。小鱼想，这封情书真的不应该由我来写，就是我们关系再好，有些事我也不能代替你去做。比如说写情书这件事，佳佳，这必须由你来写。

（一）

小鱼和佳佳是铁"哥们"了，哪怕她俩都是女的，也不能改变这个铁一般的事实。别人都爱称闺蜜，她俩无比厌恶这个称呼。因为铁，佳佳知道小鱼所有好的事和所有坏的事，佳佳也愿意将一切秘密与小鱼分享，小鱼有了被人信任的感动。

那个很久以前的秋天，久得小鱼都不愿算到底是多少年了，佳佳被外派到居委会做入户走访工作，调查很烦琐细致。佳佳培训完拎着一大袋资料赶着坐车，跑过菜市场时撞了一个人，资料散了一地。这时一个高大的男孩走过来问佳佳："需要我帮忙吗？"佳佳抬起头，只记得那炫目的太阳光下一个有雪白牙齿的男孩在对她微笑。那时候还没有"阳光男孩"这一时髦的叫法，许多年后她才知道。佳佳想她应该是从那一刻起一见钟情了。小鱼后来很多次听佳佳谈起男孩。

佳佳看起来大大咧咧，实际上很敏感，她曾说："父母给我取名为佳佳，为什么不是'蒹葭'的'葭'呢？那样多有诗意啊，蒹葭苍苍，白露为霜。我也不会像现在这样胖了。"佳佳其实一点也不胖，而且是窈窕淑女，身材也前凸后翘。小鱼也笑："胖瘦与名字有关吗？"有一年夏天，佳佳穿着黑色的短袖衬衣、七分裤，显得皮肤更白皙了，和她一同走路回家的女同事在半路上停下脚步，盯着她不无嫉妒地说："同你走在一起，我这个不胖的人也显得胖。"说完朝相反的一条路走了。佳佳当时有点窃喜，后来发现同事渐渐疏远她，几个女同事在一起聊天，她一去就散开了，有集体活动常常不叫她，她工作业绩不错，但评优投票，票数少得可怜。她也不在乎，照样乐呵呵的。佳佳难过时把小鱼抱得紧紧的，说觉得好孤单。

（二）

小鱼问佳佳："他有那么帅吗？他真的像你说的那样好吗？你喜欢他吗？"这还要问吗？只要看佳佳看他的目光就知道。佳佳一看到他，眼里就晃着水一样的柔情。"不知道。"她垂头丧气的样子像被人抛弃的小狗。"那你还不去表白？如果别的女人捷足先登，那你就永远没机会了。"小鱼一个劲地鼓励佳佳。

在遇见男孩的第三天，佳佳就改变了和小鱼一同上班的路线，走另一条路上班。尽管多几里路，但佳佳乐此不疲，只是为了经过十字路口能看见匆匆上班的他一眼。小鱼被佳佳不顾一切的勇敢与制造偶遇的能力吓得目瞪口呆，手里的插花掉在地上，愣了好一会儿说："佳佳，如果我俩爱上同一个男人，我一定不和你抢。"

小鱼陪她走过几次那条小路，佳佳总是习惯性地回头张望一会儿，再匆匆地向前赶。但那几次小鱼都没看到那个阳光男孩。

小鱼问佳佳："你知道那座房子旁边的大厦叫什么吗？"

"不知道。"她很干脆地回答。

"不是和你说了几遍了吗？"小鱼有点气急败坏。

佳佳看着小鱼的脸色，小心翼翼地问："记大厦名干什么呢？"

是啊，记大厦名干什么呢？和她有什么关系？

他应该也喜欢佳佳吧，佳佳带小鱼去他的公司门口"狩猎"过，让小鱼看他有多帅。他长得很像一个男星，眉毛又粗又黑，眼睛会说话。这样有痞痞笑容的男人最容易让小姑娘深陷其中，小鱼竟然害怕与他偶遇。

（三）

佳佳搬出了两人的宿舍，租了一间小屋住。她说做他的女人要出得了厅堂，下得了厨房，还要会绣会织。佳佳学会了捻针走线，为家里所有亲人织了细绒花样毛衣，平针、上下针、钩针、八字扭、退三步再进五步镂空、单色、多色、浮空挑色，各种技术练得纯熟。

极不爱做饭的佳佳研究起菜谱，研究起营养搭配。佳佳对小鱼说起一个个菜名，比如"万水千山总是情"（莲藕排骨汤）、"你轻轻地抚摸我的脸"（猪脚黄豆）、"一片丹心"（金瓜泥）、"明明白白我的心"（清炒莴笋）等。

小鱼想起一个奶茶广告：一个下雨天，女孩问男孩："你爱我吗？"男孩没有回答，只是宠溺地望着她，把手里的奶茶推过去，女孩端起冒着热气的奶茶，甜甜地笑了。充满人间烟火的爱多么美好！小鱼怔怔地站立在窗前，任爬山虎在低矮的围墙上疯狂地蔓延。

佳佳一有空就想：他在说什么？他在想什么？一天念叨他五六十次。下班回家的公交车上，佳佳抓着摇晃的拉手杆，莫名其妙哼起了歌："你是否还想念谁？你在哪里？"满怀期望地朝着他工作地点所在的方向。

（四）

因为爱而习惯，还是习惯了爱？这个问题困惑了很多求爱而不得的人。

一天，佳佳沉着脸一遍又一遍仔细地画着唇，用的是她从不爱的紫葡萄色，衣服换了一件又一件，黑色的眼线妩媚地向上翘起又擦掉，形成大面积的阴影。小鱼知道，佳佳的皮肤很敏感，用力触碰会红一片，过好久才会消失，佳佳很少描眼线，化妆笔离眼睑一厘米远，她的睫毛就眨啊眨，并眨出眼泪。

"今天怎么了？"

"他同别的女人订婚了。"佳佳的嘴角诡异地往上翘，"我要去喝他的订婚酒。"

第二天，佳佳飞奔回老家，和父母看中的男人订了婚，把订婚的照片到处撒。

佳佳换了一个吃力不讨好的工作——礼品策划师，其实就是专门替别人送浪漫礼物的人，经常有学习广告策划的出差机会。

小鱼依然和佳佳是无话不说的好朋友。佳佳越来越忙了，忙得脸上没有了笑容，也不愿谈起自己的新感情。

小鱼几次碰见那个"阳光男孩"。小鱼欲言又止，他初始尴尬而后一脸坦然，像所有刚认识的朋友一样打招呼问候，再一次从陌生到熟悉。小鱼想，也许是我不够成熟，成年人的情感总是那么云淡风轻，轻易地淹没在一堆琐事里。小鱼不愿揣度他的想法。

（五）

佳佳在喝醉后，抱着小鱼一遍一遍哭泣。小鱼问她："你不是有定亲的对象了吗？你到底想干什么，老这么要死不活的，丢又丢不开，舍又舍不下，向前一步又不敢，向后退又不甘，把自己弄得失魂落魄的有什么意思呢？"

佳佳一遍又一遍地绕圈圈，总也走不出自己画的牢笼，明眼人看出，她哪怕只要轻轻一迈步就能跳出。

小鱼下班回来期望有个温暖的怀抱，可是除了不属于自己的房子，偶尔还有一个泪眼婆娑的傻姑娘等你开导。小鱼觉得这样的日子真的好无趣。小鱼问佳佳："你能不能明确自己到底喜欢谁，你老把自己当成是一条水里的鱼，自由自在地游来游去，可你有没有想过，他是不是能包容你的那片水，愿意让你游吗？他愿意为你付出多少呢？他能忍受别人的指指点点吗？我不懂，不就是喜欢或不喜欢，一个很简单的事情。你和男朋友分分合合多少年就是不结婚，有哪个男人可以忍受？你原本也喜欢吃橘子的，知道可以补充维生素，酸酸甜甜味道好，可你刚刚尝过了甜柿子，再猛地咬一口橘子，就觉得酸得不得了，可是甜柿子入口再好也不能多吃，你要清楚明白呀！"

"你不懂！他和那位不合适分开了。"

"他来找你了吗？"小鱼幽幽地问。

"没有。"佳佳绝望地摇头。

"那你到底是真的爱他呢，还是为了自己的虚荣心？"小鱼火了起来，厉声地问，也为自己这么多年深受她的毒害而愤愤不平，"你知道吗？你每次来哭诉都是因为他，已经十年了，哭哭笑笑。你们所有的细节我都一清二楚。你来一次我失眠一次，我头痛欲裂，辗转反侧，到处都是你说的他的影子。"

"我不管！我不管！你所有的理性分析我都懂，可我实在太想他了，你知道吗？我以为找到一个新男朋友就不会想他，忙碌工作就没时间想他了，可我发现一切都是徒劳的，我做不到！我把自己的日子过得一团糟，我好想在一团乱麻中找到线头。我想变得更优秀还是为了他，我想让他看看，当年他母亲说配不上他的姑娘到底能不能配得上。多少次我忍不住站在路口，想冲到他的面前看一看他。我在路上打车，有个的士司机侧脸很像他，我呆呆凝视了很久，不想下车来，想一直坐下去。"

"你以为的只不过是你以为的，如果他真的爱你，他会不顾一切给你名分。"其实小鱼也清楚，佳佳第二天就会擦干眼泪过上正常的生活。只是每人都有脆弱的一面，想借一个肩膀发泄，小鱼无助地抱着佳佳，任佳佳哭得昏天黑地。

佳佳总在想，如果自己当时勇敢一点该多好，如果她愿意放下一切，他会不会选择自己？他可能早已放下，而佳佳还在为他伤心。

（六）

小鱼好不容易眯了一会儿，外面传来小猫凄厉的叫声，忽高忽低，像小孩在哭。

小鱼刚做了个梦。一个人站在高高的石壁上，四周全是水，而他浑然不觉，狂风呼啸，他摇摇晃晃地掉了下去，小鱼惊骇地拼命想阻止他，可是发不出声音。但他居然一点事没有。定睛凝视，原来他只是站在一级矮矮的水泥台阶上，旁边一洼水，一脚就跨过去了，从高空俯视，出现了特殊的视觉效果，像影视剧里拍摄镜头，拉长拼接，错觉而已。

一声猫叫，惊醒了霓虹的梦。有些事只有亲身经历才知其中滋味，她们傻吗？有时候默默地为一个人付出，哪怕得不到也是青春的印迹吧，只有那个年纪才可以不顾一切去爱吧，跟随心动肆意地去做自己想做的事，失败了固然遗憾，不去做才一辈子后悔。

日有所思，夜有所梦，有些记忆，你以为遗忘了，只是缺少某个导火索，当四目相对的一瞬间，什么都明了。眼神里的情意再怎么遮也遮不住的，会涌出一股热潮，会闪出一道光。

　　小鱼知道，这一封情书不该由她来写，佳佳对他所有的情意也不该由她来转达。小鱼抱紧被子翻滚了无数遍，卧室的灯光也暗了又亮，亮了又明。

　　这一封情书，小鱼在脑海里已构思了千万遍，一张薄薄的信笺上满是小鱼的体香。怪这支笔离小鱼实在太近，在触手可及的床头柜里，小鱼在颤抖中握住了笔，闭着眼，书不成书，调不成调，勾勒了这一片鬼画桃符的字。

　　小鱼还想对佳佳说："佳佳，你不要怪我，这封情书记录了你与他这十年来的故事。不要笑我稚嫩的笔，我想告诉你的是我们都可以对着自己的爱人大声地唱：我想你靠近我，抱着我，好好爱我。也许这封信永远没有回音。可是佳佳，如果他把我当成了情书的主人，给我回了信，我该怎么办才好？"

抱在一起的人

阿娟不止一次这么想：如果将来自己成家了，一定要做一个温柔的、疼爱孩子的好妈妈，会尊重孩子的意见，会倾听孩子的心声，会满足孩子的合理愿望……阿娟有这想法和阿娟母亲分不开。

这天阿娟又和母亲起争执了。阿娟最近想要一双红色的高跟鞋，她装作很平常的样子向母亲征求意见，母亲笑着说："这个颜色很难配衣服，黑白色的好配衣服，而且红色高跟鞋，太土气，你会穿出去？"阿娟愣了一下，母亲太了解自己，一下就被母亲发现了破绽，其实这双红色高跟鞋是一个新结识的小帅送的。阿娟认为自己骨子里有一种"被虐"的倾向，明知道母亲和自己的意见不会一致，却忍不住要说出来，要去惹母亲生气。

"你很喜欢吗？那就买吧，看你说起这双鞋，眼睛里像有钻石亮闪闪的。"母亲若有所思，"不过，你肯定穿的次数不多，你自己要想好。"一股被窥破心思的羞恼冲上头顶，阿娟脱口而出："我会好好穿的！"哪怕是为了争一口气，她也会好好珍惜这双鞋的。

阿娟的父母工作都很忙，父亲是一名政法部门的干部，每天有忙不完的案子，在家里来去匆匆，但工资待遇有保障。母亲是一个企业的工人，一线机修工段的她二十四小时三班倒，按劳取酬收入也颇高。小时候的阿娟一直以为自己家很穷。她在奶奶家待到了四岁，读幼儿园时才回到父母身边。她每次问奶奶："爸爸妈妈什么时候来看我？什么时候接我回家？"奶奶总是说："你爸爸妈妈很忙，要上班，他们在挣钱给你买好吃的，买漂亮衣服穿，存钱让你以后过上好日子。"阿娟的心里有很多疑问，别人的爸爸妈妈不用上班吗？为什么他们可以陪在小孩身边？我少吃点，他们是不是就不用那么辛苦了？因此从小到大阿娟的身材都很苗条，身体不算太好，哪怕后来爸爸妈妈不断买补品给她吃，但饿小的胃口却再也大不起来。阿娟的父亲是个大嗓门，母亲因为在机器边待太久，说话声音也很大，两人一交流就像没油的红锅炒黄豆——噼里啪啦响。阿娟听见母亲与父亲打电话说得最多的一句话就是："你今天又不回来吃饭？！我好不容易做好了！"

父亲难得在家，母亲管东管西，小到每天穿什么衣服，大到选什么学校专业，阿娟没少和母亲"吵架"，好像没有一件事是不需争论就能确定的。其实很多时候争论也是浪费时间，因为结果总是证明母亲是对的：天气确实冷下来了，应该增加衣物了；要去多学一些技能了，懂得多了才发现自己的无知。没有给过阿娟机会，怎么证明她想的一定是错的？就像青春期母亲托人带了上海的新款皮裙给阿娟，说等她配好最时兴的元宝线衫，阿娟穿上一定是当地最美的姑娘，阿娟从最初的欣喜到一言不发穿上衣裳，好像一个展示橱里任人打扮的洋娃娃，垂头丧气的没有灵魂。

平心而论，在物质方面，父母亲没有亏待过阿娟，别的孩子有的，阿娟一定会有，甚至是一些大城市里的新鲜食物、洋气玩具、时尚衣裙，小乡镇还难得见到的，母亲也会想方设法托人买来。阿娟在外面读书时，每个月的生活费也远超同学。阿娟大把地花着钱，没尝试过的都尝试了一下。阿娟曾和朋友说，越没有的越渴望，她想要主宰自己的生活。

父母给予的越多，她越不快乐，她觉得那是父母一种愧疚的补偿，越证明父母其实并不爱她，至少当年他们可以克服困难把她带在身边。

阿娟在外人眼里是一个懂事的姑娘，但在家里，父母说话的声音高了或一个特殊的眼神，她就会想那是什么意思，碰上一点火星就会炸。也许幼年的经历造就了她敏感、多疑、没有安全感的性格，本应长成鲜花的阿娟长成了小辣椒。她渴望得到父母重视又害怕他们太重视了，像无形的绳索捆住身子。

阿娟光明正大地穿上了那双红高跟鞋，在母亲面前走来走去，哪怕脚后跟被磨破了皮，但每根头发丝都在喜悦地跳舞。是的，如你所想，她恋爱了。她这次原本预备瞒着父母偷偷地和男朋友出去旅游，可是母亲下班的时间是固定的，母亲不会轻易地答应她脱离视线。如果要出去，最好要有个合理的理由，去学习或是出差，要不然就一五一十把男朋友的事交代清楚，包括他的事业、家庭、父母、收入等等。可这些偏偏是阿娟认为不重要的东西，这些世俗的东西不应放入浪漫的爱情里掂量。

就像叛逆的孩子总要受伤才会醒悟，阿娟的爱情之路也不顺畅。小帅的情况，父母很快知道了，他只是一个"街溜子"，没有正当职业，开着一辆二手小货车，四处混。他总能神出鬼没地出现在阿娟需要他的路上，避开阿娟父母的围追堵截，他每一次的嘘寒问暖都能暖到小姑娘的心坎上。所有恋爱的人见到的总是对方的好。阿娟想，要不要与这个懂她的人共度一生，可是父母怎么会同意呢？为此，阿娟与父母有了更多的争吵。

一天，一位趾高气扬的小姑娘来到了阿娟的面前，说她是小帅的女朋友，且肚子里还有他的孩子，劝小娟不要做第三者。小娟当头被敲了一棒，望着旁边窃窃私语的同事还在强装镇定。她打电话找小帅却没人接，陪着小姑娘的老阿姨围着阿娟转了几圈，意味深长地啧啧几声，那鄙夷又带点惋惜的目光狠狠地撕下阿娟自尊，像一棵白桦树被揭走了所有树皮，只剩下光溜溜的枝干无奈地迎接风雨。阿娟匆匆地请假，去小帅可能去的地方寻找。不知道他是不是跑货去了，到天黑了，都没有找到，小帅也没有回电话。

阿娟拖着疲倦的身躯回到家，母亲斩钉截铁地说："还有必要和这种人渣来往吗？"看来母亲已经知道了，也是，这样大的丑闻他们怎么可能不知道。只是阿娟还抱着一丝倔强："我今天没看到他，肯定是哪里出了错，他没亲口对我说，我绝对不相信，你是不是早就盼着这一天了！"阿娟的心隐隐地下坠，跺着脚，借着怒火歇斯底里地嚷，她想把这些年所有的愤懑都嚷出来，"别人有事有娘撑腰，哭了有人擦眼泪，只有你巴不得我倒霉，现在你如意了吗？"母亲瞪大了红红的双眼："你这个傻子，在家里骂人有什么本事？有本事在外骂人！再告诉你，下午那个老太太是小帅的亲妈，说她儿子根本就没瞧上你，说只是同你玩玩。你可长点心，眼睛擦亮点，分清是非黑白。""你乱说的，你乱说的！你从来都认为我不好。我不好，你把我丢了去，捡别人来当你的女儿。"阿娟大声叫着，伤心地扑过去，靠近母亲的手，闭上眼甩着泪。母亲丢开阿娟的小包，拍着阿娟的背，手高高举起又轻轻落下："真是冤家，如果我还有其他子女都不想管你！"两人都哽咽着慢慢沉默。

阿娟病了一场，一段难熬的时间终于过去。她换了一家新的公司做保险工作。六月，高考，阿娟主动要求做单位志愿服务者。天气闷热异常，校门口有几位家长躲在树荫下，但更多的家长踮起脚站在烈日下等待。考场开门了，大家齐刷刷地转过去。一个母亲趔趄了一下，歪了身子，向侧边倒去，旁边另一位母亲抱住了她，两人差点滚在地上，阿娟远远地注视着这两个抱在一起的女人。

她想起前同事打电话告诉她，那天她走后不久，母亲就到了，像愤怒的狮子一样和那两个女人大吵一架，奉劝他们管好自己的人，不要把污水泼向她女儿，说阿娟是个单纯再懂事不过的好姑娘，不是他们能高攀得上的人，将来一定有幸福美满的家庭。她想到了很多很多，小时候父母亲把她举高高时欢快的笑容，她骄傲地向小伙伴们炫耀新的玩具，夸耀父母说以后所有东西都留给自己，不想吃饭靠在他们怀里撒娇耍赖，看到从不求人的父母在她求学、求职时焦急的样子……

那天高考结束，住在单位宿舍的阿娟打电话给母亲说要回去吃饭。等阿娟到门口，父母都在，阿娟大声地抱怨："累死了，肩颈都酸死了，妈，你给我看看，是不是红了，你给我敲敲。"母亲急忙凑过来，急着说："不是跟你说过，不要太勤奋，身体要紧，你就是不听。"两手环成了一个大圆弧，阿娟趁机倒进了母亲怀里，父亲哈哈笑了起来，双手拢过来说："吃饭吃饭，有很多你爱吃的菜。"三个人抱在一起，向饭桌挪动。